CME

3rd Edition

Textbook 課本

繁體版

CHINESE
Made Easy
輕鬆學漢語

Yamin Ma
Xinying Li

Joint Publishing (H.K.) Co., Ltd.
三聯書店（香港）有限公司

Chinese Made Easy *(Textbook 1)* *(Traditional Character Version)*

Yamin Ma, Xinying Li

Editor	Zhao Jiang, Shang Xiaomeng
Art design	Arthur Y. Wang, Yamin Ma
Cover design	Arthur Y. Wang, Zhong Wenjun
Graphic design	Arthur Y. Wang, Zhong Wenjun
Typeset	Zhou Min

Published by
JOINT PUBLISHING (H.K.) CO., LTD.
20/F., North Point Industrial Building,
499 King's Road, North Point, Hong Kong

Distributed by
SUP PUBLISHING LOGISTICS (H.K.) LTD.
16/F., 220-248 Texaco Road, Tsuen Wan, N.T., Hong Kong

First published July 2001
Second edition, first impression, July 2006
Third edition, first impression, May 2015
Third edition, seventh impression, June 2024

E-mail:publish@jointpublishing.com

輕鬆學漢語（課本一）（繁體版）

編　　著	馬亞敏　李欣穎	
責任編輯	趙　江	尚小萌
美術策劃	王　宇	馬亞敏
封面設計	王　宇	鍾文君
版式設計	王　宇	鍾文君
排　　版	周　敏	
出　　版	三聯書店（香港）有限公司	
	香港北角英皇道 499 號北角工業大廈 20 樓	
發　　行	香港聯合書刊物流有限公司	
	香港新界荃灣德士古道 220–248 號 16 樓	
印　　刷	寶華數碼印刷有限公司	
	香港柴灣吉勝街 45 號 4 樓 A 室	
版　　次	2001 年 7 月香港第一版第一次印刷	
	2006 年 7 月香港第二版第一次印刷	
	2015 年 5 月香港第三版第一次印刷	
	2024 年 6 月香港第三版第七次印刷	
規　　格	大 16 開（210×280mm）160 面	
國際書號	ISBN 978-962-04-3698-7	

簡介

- 《輕鬆學漢語》系列（第三版）是一套專門為漢語作為外語 / 第二語言學習者編寫的國際漢語教材，主要適合小學高年級學生、中學生使用，同時也適合大學生使用。

- 本套教材旨在幫助學生奠定扎實的漢語基礎；培養學生在現實生活中運用準確、得體的語言，有邏輯、有條理地表達思想和觀點。這個目標是通過語言、話題和文化的自然結合，從詞彙、語法等漢語知識的學習及聽、說、讀、寫四項語言交際技能的訓練兩個方面來達到的。

- 本套教材遵循漢語的內在規律。其教學體系的設計是開放式的，教師可以採用多種教學方法，包括交際法和任務教學法。

- 本套教材共七冊，分為兩個階段：第一冊至第四冊是第一階段，第五冊至第七冊是第二階段。第一冊至第四冊課本和練習冊是分開的，而第五冊至第七冊課本和練習冊合併為一本。

- 本套教材包括：課本、練習冊、教師用書、詞卡、圖卡、補充練習、閱讀材料和電子教學資源。

課程設計

教材內容

- 課本綜合培養學生的聽、說、讀、寫技能，提高他們的漢語表達能力和學習興趣。

- 練習冊是配合課本編寫的，側重學生閱讀和寫作能力的培養。其中的閱讀短文也可以用作寫作範文。

- 教師用書為教師提供了具體的教學建議、課本和練習冊的練習答案以及單元測試卷。

- 閱讀材料題材豐富、原汁原味，可以培養學生的語感，加深學生對中國社會和中國文化的了解。

INTRODUCTION

- The third edition of "Chinese Made Easy" is written for primary 5 or 6 students and secondary school and university students who are learning Chinese as a foreign/second language.

- The primary goal of the 3rd series is to help students establish a solid foundation of vocabulary, grammar, knowledge of Chinese and communication skills through natural and graduate integration of language, content and culture. The simultaneous development of listening, speaking, reading and writing is especially emphasized. This aim is to help students develop skills to communicate in Chinese in authentic contexts and express their viewpoints appropriately, precisely, logically and coherently.

- The unique characteristic of the 3rd edition is that the programme allows the teacher to use a combination of various effective teaching approaches, including the Communicative Approach and a task-based approach, while taking into account the Chinese language system.

- The 3rd edition consists of seven books and in two stages. The first stage consists of books 1 through 4 (the textbook and the workbook are separate), and the second stage consists of books 5 through 7 (the textbook and the workbook are combined).

- The "Chinese Made Easy" series includes Textbook, Workbook, Teacher's book, word cards, picture cards, additional exercises, reading materials and digital resources.

DESIGN OF THE SERIES

The series include:

- The textbook is designed to help students develop the four language skills simultaneously: listening, speaking, reading and writing. The textbook plays an important role in helping students develop their communication skills and enhance their interest in learning Chinese.

- In order to support the textbook, the workbook is designed to help the students develop their reading and writing skills. Engaging reading passages also serve as exemplar essays.

- The Teacher's Book provides suggestions on how to use the series, answers to exercises and end of unit tests.

- Authentic reading materials that cover a wide range of subjects help the students develop a feel for Chinese, while deepening their understanding of contemporary China and the Chinese culture.

教材特色

- 考慮到社會的發展、漢語學習者的需求以及教學方法的變化，本套教材對第二版內容做了更新和優化。
◇ 課文的主題是參考 IGCSE 考試、AP 考試、IB 考試等最新考試大綱的相關要求而定的。課文題材更加貼近學生生活。課文體裁更加豐富多樣。
◇ 生詞的選擇參考了 IGCSE 考試、IB 考試及 HSK 等考試大綱的詞彙表。所選生詞使用頻率高、組詞能力強，且更符合學生的交際及應試需求。此外還吸收了部分由社會的發展而產生的新詞。

- 語音、詞彙、語法、漢字教學都遵循了漢語的內在規律和語言的學習規律。
◇ 語音練習貫穿始終。每課的生詞、課文、韻律詩、聽力練習都配有錄音，學生可以聆聽、模仿。拼音在初級階段伴隨漢字一起出現，隨着學生漢語水平的提高，拼音逐漸減少。
◇ 通過實際情景教授常用的口語和書面語詞彙。兼顧字義解釋生詞意思，利用固定搭配講解生詞用法，方便學生理解、使用。生詞在課本中多次復現，以鞏固、提高學習效果。
◇ 強調系統學習語法的重要性。語法講解簡明直觀。語法練習配有大量圖片，讓學生在模擬真實的情景中理解和掌握語法。
◇ 注重基本筆畫、筆順、漢字結構、偏旁部首的教學，讓學生循序漸進地了解漢字構成。練習冊中有漢字練習，幫學生鞏固所學。

- 全面培養聽、説、讀、寫技能，特別是口語和書面表達能力。
◇ 由聽力入手導入課文。
◇ 設計了多樣有趣的口語練習，如問答、會話、採訪、調查、報告等。

The characteristics of the series

- Since the 2nd edition, "Chinese Made Easy" has evolved to take into account social development needs, learning needs and advances in foreign language teaching methodology.
◇ Varied and relevant topics have been chosen with reference to the latest syllabus requirements of: IGCSE Chinese examinations in the UK, AP Chinese exams in the US, and Language B Chinese exams from the IBO. The content of the texts are varied and relevant to students and different styles of texts are used in this series.
◇ In order to meet the needs of students' communication in Chinese and prepare them for the exams, the vocabulary chosen for this series is not only frequently used but also has the capacity to form new phrases. The core vocabulary of the syllabus of IGCSE Chinese exams, IB Chinese exams and the prescribed vocabulary list for HSK exams has been carefully considered. New vocabulary and expressions that have appeared recently due to language evolution have also been included.

- The teaching of pronunciation, vocabulary, grammar and characters respects the unique Chinese language system and the way Chinese is learned.
◇ Audio recordings of new words, texts, rhymes and listening exercises are available for students to listen and imitate with a view to improving pronunciation. Pinyin appears on top of characters at an early stage and is gradually removed as the student gains confidence.
◇ Vocabulary used in practical situations in both oral and written form is taught within authentic contexts. In order for the students to better understand and correctly apply new words, the original meaning of each character is introduced. The fixed phrases and idioms are learned through sample sentences. Vocabulary that appears in earlier books is repeated in later books to reinforce and consolidate learning.
◇ The importance of learning grammar systematically is emphasized. Grammatical rules are explained in a simple manner, followed by practice exercises with the help of ample illustrations. In order for the students to have a better understanding of and achieve mastery over grammatical rules, authentic situations are provided.
◇ In order for the students to understand the formation of characters, this series stresses the importance of teaching basic strokes, stroke order, character structures and radicals. To consolidate the learning of characters, character-specific exercises are provided in the workbook.

- The development of four language skills, especially productive skills (i.e. speaking and writing) is emphasized.
◇ The stimulus text in each lesson is introduced through a listening exercise.
◇ Varied and engaging oral tasks, such as questions and answers, conversations, interviews, surveys and oral presentations are designed.

◇ 提供了大量閱讀材料，內容涵蓋日常生活、社會交往、熱門話題等方面。

◇ 安排了電郵、書信、日記等不同文體的寫作訓練。

• 重視文化教學，形成多元文化意識。

◇ 隨着學生水平的提高，逐步引入更多對中國社會、文化的介紹。

◇ 練習冊中有較多文化閱讀及相關練習，使文化認識和語言學習相結合。

• 在培養漢語表達能力的同時，鼓勵學生獨立思考和批判思維。

課堂教學建議

• 本套教材第一至第四冊，每冊分別要用大約 100 個課時完成。第五至第七冊，難度逐步加大，需要更多的教學時間。教師可以根據學生的漢語水平和學習能力靈活安排教學進度。

• 在使用時，建議教師：

◇ 帶領學生做第一冊課本中的語音練習。鼓勵學生自己讀出新的生詞。

◇ 強調偏旁部首的學習。啟發學生通過偏旁部首猜測漢字的意思。

◇ 講解生詞中單字的意思。遇到不認識的詞語，引導學生猜測詞義。

◇ 藉助語境展示、講解語法。

◇ 把課文作為寫作範文。鼓勵學生背誦課文，培養語感。

◇ 根據學生的能力和水平，調整或擴展某些練習。課本和練習冊中的練習可以在課堂上用，也可以讓學生在家裏做。

◇ 展示學生作品，使學生獲得成就感，提高自信心。

◇ 創造機會，讓學生在真實的情景中使用漢語，提高交際能力。

馬亞敏

2014 年 6 月於香港

◇ Reading material is chosen with the student in mind and covers engaging and relevant topics taken from daily life.

◇ Composition exercises ensure competence in different text types such as e-mails, letters, diary entries and etc.

• In order to foster the students' multi-cultural awareness, the teaching of Chinese cultural elements is emphasized.

◇ As students' Chinese language skills increase, an effort has been made to introduce more about contemporary China and Chinese culture.

◇ Plenty of reading materials and related exercises are available in the workbook, so that language learning can be interwoven with cultural awareness.

• While cultivating the ability of language use in Chinese, this series encourages students to think independently and critically.

HOW TO USE THIS SERIES

• Each of the books 1, 2, 3 and 4 covers approximately 100 hours of class time. The difficulty level of Books 5, 6 and 7 increases and thus the completion of each book will require more class time. Ultimately, the pace of teaching depends on the students' level and ability.

• Here are some suggestions as how to use this series. The teachers should:

◇ Go over with the students the phonetics exercises in Book 1, and at a later stage, the students should be encouraged to pronounce new pinyin on their own.

◇ Stress the importance of learning radicals, and encourage the students to guess the meaning of a new character by applying their understanding of radicals.

◇ Explain the meaning of each character, and guide the students to guess the meaning of a new phrase using contextual clues.

◇ Demonstrate and explain grammatical rules in context.

◇ Use the texts as sample essays and encourage the students to recite them with the intention of developing a feel for the language.

◇ Modify or extend some exercises according to the students' levels and ability. Exercises in both textbook and workbook can be used for class work or homework.

◇ Display the students' works with the intention of fostering a sense of success and achievement that would increase the students' confidence in learning Chinese.

◇ Provide opportunities for the students to practise Chinese in authentic situations in order to improve confidence and fluency.

Yamin Ma

June 2014, Hong Kong

Authors' acknowledgements

We are grateful to the following who have so graciously helped with the publication of this series:

- Our publisher, 侯明女士 who trusted our ability and expertise in the field of Chinese language teaching and learning.
- Editors, 尚小萌、趙江 and Annie Wang for their meticulous hard work and keen eye for detail.
- Graphic designers, 鍾文君、周敏 for their artistic talent in the design of the series' appearance.
- 陸穎、于霆、劉雨歆、王茜茜 for their creativity and imagination in their illustrations.
- The art consultant, Arthur Y. Wang, without whose guidance the books would not be so visually appealing.
- 胡廉軻、華燕君 and Edward Qiu, who recorded the voice tracks that accompany this series.
- And finally, to family members who have always given us generous and unwavering support.

目　錄

相關教學資源 Related Teaching Resources

歡迎瀏覽網址或掃描二維碼瞭解《輕鬆學漢語》《輕鬆學漢語（少兒版）》電子課本。

For more details about e-textbook of *Chinese Made Easy, Chinese Made Easy for Kids*, please visit the website or scan the QR code below.
http://www.jpchinese.org/ebook

生詞 1

❶ 一 yī one
❷ 二 èr two
❸ 三 sān three
❹ 四 sì four
❺ 五 wǔ five
❻ 六 liù six
❼ 七 qī seven
❽ 八 bā eight
❾ 九 jiǔ nine
❿ 十 shí ten
⓫ 百 bǎi hundred 一百 yì bǎi a hundred
⓬ 千 qiān thousand 一千 yì qiān a thousand
⓭ 萬（万） wàn ten thousand 一萬 yí wàn ten thousand
⓮ 是 shì be
⓯ 個（个） gè a measure word (used for a noun which does not have a particular measure word)

shí gè shí shì yì bǎi
▲ 十個十是一百。

> **Grammar: a)** The measure word "個" is put after a numeral.
> **b)** Sentence Pattern: Subject + Verb + Object

1 學聲調

Tone changes of "一"

original	changes	examples
yī 一 + " ˉ " ➡	yì 一	yì qiān 一千
yī 一 + " ˊ " ➡	yì 一	yì nián 一年
yī 一 + " ˇ " ➡	yì 一	yì bǎi 一百
yī 一 + " ˋ " ➡	yí 一	yí wàn 一萬

When read alone, or in counting, or calling out numbers, "一" is pronounced as "yī".

yī èr sān sì wǔ
一二三四五，

liù qī bā jiǔ shí
六七八九十。

shí ge shí shì yì bǎi
十個十是一百。

shí ge yì bǎi shì yì qiān
十個一百是一千。

shí ge yì qiān shì yí wàn
十個一千是一萬。

2 讀數字

shí jiǔ
例子：19 十九

1) 36

2) 45

3) 24

4) 78

5) 91

6) 62

7) 11

8) 54

9) 90

10) 66

11) 17

12) 85

這樣讀數字：

a) 11 = 十一

b) 25 = 二十五

一起讀！

yī èr sān   sān èr yī
一二三，三二一，

yī èr sān sì wǔ liù qī
一二三四五六七。

sì wǔ liù   wǔ liù qī
四五六，五六七，

qī liù wǔ sì sān èr yī
七六五四三二一。

3 學寫漢字

A

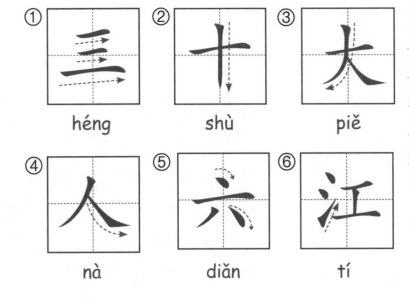

① héng ② shù ③ piě

④ nà ⑤ diǎn ⑥ tí

筆畫的書寫規則：

The strokes of Chinese characters should be written from left to right and from top to bottom.

B

① 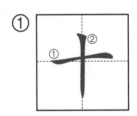 First write the horizontal strokes, then the vertical ones.

② 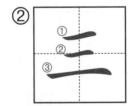 Write the strokes from top to bottom.

③ 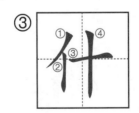 First write the strokes on the left and then those on the right.

④ 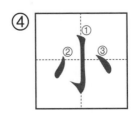 First write the strokes in the middle and then those on both sides.

⑤ 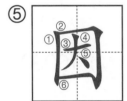 Write the strokes from outside to inside before completing the character.

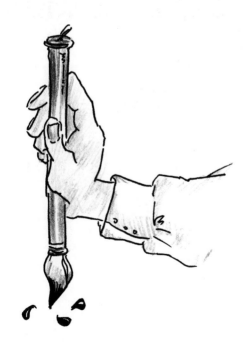

例子：

316　三百一十六　　208　兩百零八

1) 48

2) 106

3) 971

4) 350

5) 2062

6) 1105

7) 4192

8) 863

9) 2001

10) 9456

11) 718

12) 10000

這樣讀數字：

a) Zero is pronounced as "零".

b) 105 is pronounced as "一百零五".

c) Before "百", "千", "萬", two is pronounced as "兩".

d) 117 is pronounced as "一百一十七".

---

5 數筆畫，並用中文寫出答案

① 六 四　② 九　③ 五　④ 四

⑤ 是　⑥ 百　⑦ 千　⑧ 萬

生詞 2

❶ 你 nǐ you   ❷ 我 wǒ I; me

❸ 的 de 's; of

❹ 朋 péng friend   ❺ 友 yǒu friend   朋友 péng you friend

❻ 好 hǎo good   你是我的好朋友。 nǐ shì wǒ de hǎo péng you

課文 2

一 二 三 ， 三 二 一 ，
yī èr sān   sān èr yī

一 二 三 四 五 六 七 。
yī èr sān sì wǔ liù qī

八 九 十 ， 十 八 九 ，
bā jiǔ shí   shí bā jiǔ

你 是 我 的 好 朋 友 。
nǐ shì wǒ de hǎo péng you

6 學拼音 🎧 6

A

a   o   e

i   u   ü   er

B

b   p   m   f   d   t   n   l

g   k   h   j   q   x

zh   ch   sh   r   z   c   s

7 學聲調

A

— 1st tone   ╱ 2nd tone   ⌄ 3rd tone   ╲ 4th tone

B

Changes of the 3rd tone

original	changes	examples
" ⌄ " + " ⌄ " ➡ " ╱ " + " ⌄ "		nǐ xiě 你寫
" ⌄ " + " — " ➡ " ⌄ " + " — "		nǐ shuō 你説
" ⌄ " + " ╱ " ➡ " ⌄ " + " ╱ "		nǐ dú 你讀
" ⌄ " + " ╲ " ➡ " ⌄ " + " ╲ "		nǐ qù 你去

8 讀一讀

A 1) ā á ǎ à   2) ō ó ǒ ò   3) ē é ě è

4) ī í ǐ ì   5) ū ú ǔ ù   6) ǖ ǘ ǚ ǜ

B 1) duǎn kù   2) kě yǐ   3) měi tiān

4) fǎ guó   5) zǐ sè   6) shuǐ guǒ

C 1) bà ba   2) mā ma   3) jiě jie

4) gē ge   5) dì di   6) mèi mei

漢語的輕聲：

The neutral tone is an unstressed syllable which does not carry any tone mark.

- 三人一組。
- 在規定的時間裏找到並寫出答案。
- 寫對最多的組勝出。

1) Number of days in February:

2) Number of weeks in a year:

3) Number of days in a year:

4) Number of grams in a kilogram:

5) Number of miles in the marathon:

6) Number of students in your Chinese class:

7) Number of students in your school:

8) Number of teachers in your school:

①
a) 十二
b) 二十
c) 二十二

②
a) 十四
b) 四十四
c) 四十

③
a) 九十八
b) 八十九
c) 一百九十

④
a) 一百一十五
b) 一百五十
c) 五百一十

⑤
a) 三百九十六
b) 六百三十九
c) 九百三十六

⑥
a) 一千三百五十
b) 三千五百一十
c) 五千一百三十

11 寫出筆畫的名稱

①
diǎn

② 十

③ 八

④ 大

⑤ 井

⑥ 汁

⑦ 口

⑧ 小

⑨ 九

⑩ 百

⑪ 人

⑫ 千

⑬ 友

⑭ 是

⑮ 你

12 學漢字的結構

1) 好 → □

2) 是 → □

3) 回 → □

4) 名 → □

5) 問 → □

6) 您 → □

7) 鼻 → □

8) 謝 → □

9) 起 → □

13 讀一讀

A a o e

    i u ü er

B b p m f

    d t n l

    g k h

    j q x

    zh ch sh r

    z c s

C bà ba   mā ma

    gē ge   dì di

    yé ye   pó po

    wǔ shù   dú zǐ

    lǎo shī   nǐ hǎo

    gē da   gé lí

    jī chì   jū zhù

    sī jī   zǐ sè

    xì jù   dǎ zhé

1 第二課 今天八號

生詞 1 8

① 生 shēng be born ② 日 rì day 生日 shēng rì birthday 八日 bā rì the 8th day of a month

③ 號（号）hào date of a month 八號 = 八日 bā hào   bā rì

④ 月 yuè month 九月 jiǔ yuè September 九月三號 jiǔ yuè sān hào 3rd September 我的生日是九月三號。wǒ de shēng rì shì jiǔ yuè sān hào

⑤ 幾（几）jǐ how many 你的生日是幾月幾號？nǐ de shēng rì shì jǐ yuè jǐ hào

⑥ 星 xīng star ⑦ 期 qī a period of time 星期 xīng qī week 星期日 xīng qī rì Sunday

⑧ 天 tiān day 星期天 = 星期日 xīng qī tiān   xīng qī rì

⑨ 今 jīn today 今天 jīn tiān today 今天幾號？今天八號。jīn tiān jǐ hào   jīn tiān bā hào

▲

> **Grammar: When a sentence only contains a subject and a time word (year, date, day of the week, specific time, age, etc.), "是" is not needed.**

⑩ 昨 zuó yesterday 昨天 zuó tiān yesterday 昨天星期幾？昨天星期天。zuó tiān xīng qī jǐ   zuó tiān xīng qī tiān

⑪ 明 míng next 明天 míng tiān tomorrow 明天幾號？明天二十號。míng tiān jǐ hào   míng tiān èr shí hào

今天星期天。

1 讀一讀，記住怎麼說

A

xīng qī yī
星期一

xīng qī èr
星期二

xīng qī sān
星期三

xīng qī sì
星期四

xīng qī wǔ
星期五

xīng qī liù
星期六

xīng qī rì
星期日

xīng qī tiān
星期天

B

yī yuè
一月

èr yuè
二月

sān yuè
三月

sì yuè
四月

wǔ yuè
五月

liù yuè
六月

qī yuè
七月

bā yuè
八月

jiǔ yuè
九月

shí yuè
十月

shí yī yuè
十一月

shí èr yuè
十二月

一起讀！ 9

jīn tiān jǐ hào　　jīn tiān qī hào
今天幾號？今天七號。

míng tiān jǐ hào　　míng tiān bā hào
明天幾號？明天八號。

qī hào　　bā hào　　bā hào　　qī hào
七號、八號，八號、七號。

1
A: jīn tiān jǐ hào
今天幾號？

B: jīn tiān bā hào
今天八號。

2
A: zuó tiān xīng qī jǐ
昨天星期幾？

B: zuó tiān xīng qī tiān
昨天星期天。

3
A: míng tiān jǐ hào
明天幾號？

B: míng tiān èr shí hào
明天二十號。

4
A: nǐ de shēng rì shì jǐ yuè jǐ hào
你的生日是幾月幾號？

B: jiǔ yuè sān hào
九月三號。

2 模仿例子，編對話

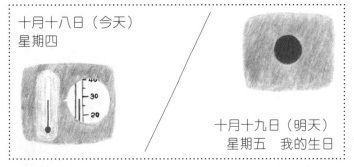

十月十八日（今天）
星期四

十月十九日（明天）
星期五　我的生日

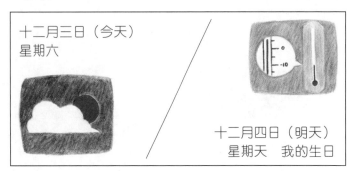

十二月三日（今天）
星期六

十二月四日（明天）
星期天　我的生日

例子：

A: jīn tiān jǐ hào
今天幾號？

B: shí bā hào
十八號。

A: míng tiān xīng qī jǐ
明天星期幾？

B: xīng qī wǔ
星期五。

A: nǐ de shēng rì shì jǐ yuè jǐ hào
你的生日是幾月幾號？

B: shí yuè shí jiǔ hào
十月十九號。

3 説日期

二〇一六年						十一月
星期一	星期二	星期三	星期四	星期五	星期六	星期日
	1	②→	3	4	5	⑥→
7	8	9	→⑩	11	12	13
→⑭	15	16	17	18	⑲→	20
21	22	23	24	㉕→	26	27
28	29	30				

→①
→②
④←
③←
⑤←

例子：

shí yī yuè shí sì hào xīng qī yī
→十一月十四號 星期一

4 學筆畫

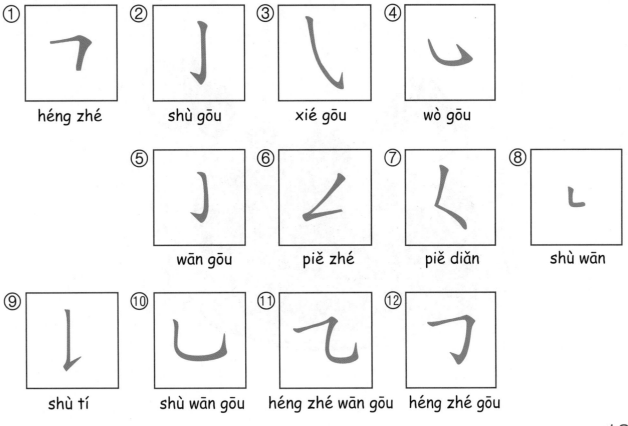

① héng zhé
② shù gōu
③ xié gōu
④ wò gōu

⑤ wān gōu
⑥ piě zhé
⑦ piě diǎn
⑧ shù wān

⑨ shù tí
⑩ shù wān gōu
⑪ héng zhé wān gōu
⑫ héng zhé gōu

① nián
年 year

② chū
出 go or come out　　chū shēng
出生 be born

wǒ èr líng líng yī nián chū shēng
我二〇〇一年出生。

▲ Grammar: Sentence Pattern: Subject + Time Word + Verb

③ xiè
謝（谢）thank　　xiè xie
謝謝 thanks

④ zhù
祝 wish

⑤ kuài
快 happy

⑥ lè
樂（乐）happy　　kuài lè
快樂 happy　　zhù nǐ shēng rì kuài lè
祝你生日快樂！

今天是我的生日。

5 模仿例子，完成對話

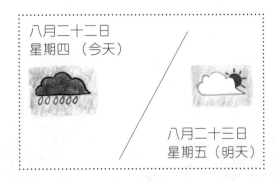

八月二十二日
星期四（今天）

八月二十三日
星期五（明天）

例子：

jīn tiān jǐ hào
A: 今天幾號？

èr shí èr hào
B: 二十二號。_____

míng tiān xīng qī jǐ
A: 明天星期幾？

xīng qī wǔ
B: 星期五。_____

①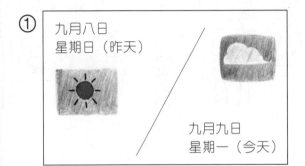

九月八日
星期日（昨天）

九月九日
星期一（今天）

zuó tiān jǐ hào
A: 昨天幾號？

B: _____

jīn tiān xīng qī jǐ
A: 今天星期幾？

B: _____

②

二月十五日
星期二（今天）

二月十六日
星期三（明天）

jīn tiān xīng qī jǐ
A: 今天星期幾？

B: _____

míng tiān jǐ hào
A: 明天幾號？

B: _____

③

三月三十一日
星期六
（我的生日）

jīn tiān shì wǒ de shēng rì
A: 今天是我的生日。

B: _____

nǐ de shēng rì shì jǐ yuè jǐ hào
A: 你的生日是幾月幾號？

B: _____

jīn tiān shì wǒ de shēng rì
A: 今天是我的生日。

zhù nǐ shēng rì kuài lè
B: 祝你生日快樂!

xiè xie　　nǐ de shēng rì shì jǐ
A: 謝謝!你的生日是幾

yuè jǐ hào
月幾號?

wǒ de shēng rì shì sān yuè wǔ hào
B: 我的生日是三月五號。

wǒ èr líng líng yī nián chū shēng
我二〇〇一年出生。

6 活動

這樣做

• 全班一起做。
• 每個人去問五個
  同學的生日,並
  寫下來。

你的生日是
幾月幾號?

我的生日是
十月三號。

7 學拼音 🎧13

A
| ai | ei | ao | ou | | an | en | | ang | eng | ong |

ia ie iao iou (iu)   ian in   iang ing iong

ua uo uai uei (ui)   uan uen (un) uang ueng

üe üan ün

B 1) The tone mark is placed above the final.

例子：<ruby>星<rt>xīng</rt></ruby><ruby>期<rt>qī</rt></ruby><ruby>四<rt>sì</rt></ruby>   <ruby>出<rt>chū</rt></ruby><ruby>生<rt>shēng</rt></ruby>

2) When there are two vowels, the tone mark is placed above the vowel which comes earlier in the following order:

a o e i u ü

例子：<ruby>昨天<rt>zuó tiān</rt></ruby>   <ruby>快樂<rt>kuài lè</rt></ruby>   <ruby>謝謝<rt>xiè xie</rt></ruby>

3) When "i" and "u" come together, the tone mark is placed above the last vowel.

例子：<ruby>六<rt>liù</rt></ruby>   <ruby>歲<rt>suì</rt></ruby> (age)

8 讀一讀

1) ài hào   2) duì shǒu   3) niú jīn

4) xué xí   5) ěr chuí   6) jù zi
   (üe)   (ü)

7) mén kǒu   8) qún zhòng   9) bié rén
                   (ün)

10) quē kǒu   11) diē dǎo   12) yáng fān
    (üe)

13) bèi fēng   14) xuě gāo   15) jué duì
                     (üe)   (üe)

當 ü 碰上 j、q、x：
When "j", "q", "x"
meet "ü", the two dots
above "ü" disappear.

這樣做

- 每個人去找與自己相同月份出生的人。
- 同月出生的人站在一起，按生日先後排成一排。

我的生日是一月三號。

我的生日是一月七號。

我的生日是一月十七號。

我的生日是一月二十號。

我的生日是一月三十號。

10 聽錄音，選擇正確答案 🎧 14

①
a) 八月二十九日
b) 九月二十八日
c) 八月二十八日

②
a) 星期四
b) 星期三
c) 三號

③
a) 星期四
b) 五號
c) 星期五

④
a) 五月五號
b) 五月七號
c) 七月五號

⑤
a) 十月二十九號
b) 十一月二十九號
c) 二月十九號

⑥
a) 一九九五年十二月十九號
b) 一九九五年二月十九號
c) 一九五九年十二月十九號

11 寫拼音

nǐ

① 你	② 我	③ 生	④ 號
⑤ 九	⑥ 是	⑦ 朋	⑧ 明
⑨ 百	⑩ 萬	⑪ 幾	⑫ 樂

一起唱！

zhù nǐ shēng rì kuài lè
祝 你 生 日 快 樂！

zhù nǐ shēng rì kuài lè
祝 你 生 日 快 樂！

zhù nǐ shēng rì kuài lè
祝 你 生 日 快 樂！

zhù nǐ shēng rì kuài lè
祝 你 生 日 快 樂！

12 活動

這樣做

- 老師準備日曆／月曆。
- 學生找到自己的生日，並用中文說出自己的生日。

第三課　現在八點

生詞 1

❶ diǎn
點（点）o'clock　幾點了？jǐ diǎn le

❷ fēn
分 minute　八點十分。bā diǎn shí fēn　❸ líng
零 zero　七點零五分。qī diǎn líng wǔ fēn

❹ kè
刻 quarter (of an hour)

十點一刻 ＝ 十點十五分 shí diǎn yí kè　shí diǎn shí wǔ fēn

十二點三刻 ＝ 十二點四十五分 shí èr diǎn sān kè　shí èr diǎn sì shí wǔ fēn

❺ liǎng
兩（两）two　兩點。liǎng diǎn　❻ bàn
半 half　兩點半 ＝ 兩點三十分 liǎng diǎn bàn　liǎng diǎn sān shí fēn

▲
> **Grammar: "兩" is used before "百", "千", "萬", "個", "點".**

❼ chà
差 fall short of　差五分六點 ＝ 五點五十五分 chà wǔ fēn liù diǎn　wǔ diǎn wǔ shí wǔ fēn

❽ xiàn
現（现）present; current

❾ zài
在 indicating time　現在 now　現在幾點？現在十點一刻。xiàn zài　xiàn zài jǐ diǎn　xiàn zài shí diǎn yí kè

❿ le
了 a particle　現在幾點了？xiàn zài jǐ diǎn le

▲
> **Grammar: "了" can be put at the end of a sentence to indicate a change.**

1 模仿例子，編對話

例子：

A: 幾點了？
　　jǐ diǎn le

B: 八點零五分。
　　bā diǎn líng wǔ fēn

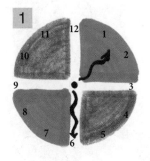

A: 現在幾點？
　　xiàn zài jǐ diǎn

B: 差五分兩點。
　　chà wǔ fēn liǎng diǎn

―― 你可以用 ――

a) 八點零五分。
　　bā diǎn líng wǔ fēn

b) 九點十分。
　　jiǔ diǎn shí fēn

c) 十點一刻。
　　shí diǎn yí kè

d) 十一點三刻。
　　shí yī diǎn sān kè

e) 十二點半。
　　shí èr diǎn bàn

f) 差十分六點。
　　chà shí fēn liù diǎn

1 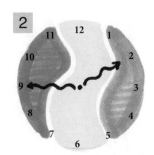	**2** 
3 	**4**

1
2
3
4

5

6

7

8

一起讀！ 🎧 16

幾點，幾點，現在幾點？
jǐ diǎn　jǐ diǎn　xiàn zài jǐ diǎn

現在七點零五分。
xiàn zài qī diǎn líng wǔ fēn

幾點，幾點，現在幾點？
jǐ diǎn　jǐ diǎn　xiàn zài jǐ diǎn

現在六點差一刻。
xiàn zài liù diǎn chà yí kè

1
jǐ diǎn le
幾點了？

qī diǎn líng wǔ fēn
七點零五分。

2
jǐ diǎn le
幾點了？

bā diǎn shí fēn
八點十分。

3
xiàn zài jǐ diǎn
現在幾點？

xiàn zài shí diǎn yí kè
現在十點一刻。

4
xiàn zài jǐ diǎn
現在幾點？

xiàn zài shí èr diǎn sān kè
現在十二點三刻。

5
xiàn zài jǐ diǎn le
現在幾點了？

xiàn zài liǎng diǎn bàn
現在兩點半。

6
xiàn zài jǐ diǎn le
現在幾點了？

xiàn zài chà wǔ fēn liù diǎn
現在差五分六點。

2 學筆畫

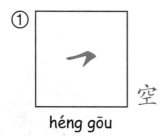
① héng gōu　空

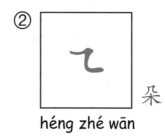
② héng zhé wān　朵

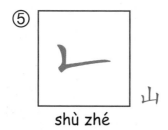
③ héng piě　又

④ héng zhé zhé zhé gōu　奶

⑤ shù zhé　山

⑥ shù zhé zhé gōu　號

3 活動

六點五十。

這樣做

- 老師拿一個鐘，將指針撥到一個時間點。
- 學生說出時間。
- 此活動也可由兩個學生完成。

❶ men
門（们） a suffix (used to form a plural number)

wǒ men
我們 we; us

❷ jiàn
見（见） meet with

wǒ men jǐ diǎn jiàn
我們幾點見？

❸ shang
上 a suffix

❹ zǎo
早 morning

zǎo shang
早上 early morning (usually between 5:00-9:00)

wǒ men zǎo shang qī diǎn sì shí jiàn
我們早上七點四十見。

Grammar: In Chinese, the order of time is from general to specific.

❺ wǎn
晚 evening

wǎn shang
晚上 (in the) evening; (at) night (usually between 18:00-24:00)

wǒ men jīn tiān wǎn shang jǐ diǎn jiàn
我們今天晚上幾點見？

❻ wǔ
午 noon

❼ shàng
上 previous

shàng wǔ
上午 morning (usually between 9:00-12:00)

shàng wǔ jiǔ diǎn bàn
上午九點半。

❽ zhōng
中 middle

zhōng wǔ
中午 noon (usually between 12:00-13:00)

zhōng wǔ shí èr diǎn
中午十二點。

❾ xià
下 after

xià wǔ
下午 afternoon (usually between 13:00-18:00)

xià wǔ sān diǎn yí kè
下午三點一刻。

4 模仿例子，編對話

běi jīng　　wǎn shang
北京　　晚上
Beijing

例子：

běi jīng xiàn zài jǐ diǎn
A: 北京現在幾點？

wǎn shang qī diǎn bàn
B: 晚上七點半。

1

xiāng gǎng　　zǎo shang
香港　　早上
Hong Kong

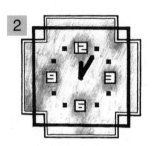

2

shàng hǎi　　zhōng wǔ
上海　　中午
Shanghai

3

chóng qìng　　xià wǔ
重慶　　下午
Chongqing

4

guǎng zhōu　　wǎn shang
廣州　　晚上
Guangzhou

5

shēn zhèn　　zǎo shang
深圳　　早上
Shenzhen

6

tiān jīn　　zhōng wǔ
天津　　中午
Tianjin

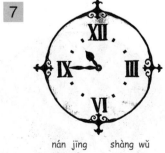

7

nán jīng　　shàng wǔ
南京　　上午
Nanjing

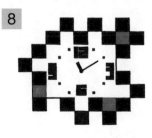

8

tái běi　　wǎn shang
台北　　晚上
Taipei

9

qīng dǎo　　xià wǔ
青島　　下午
Qingdao

1

wǒ men jǐ diǎn jiàn
我們幾點見？

zǎo shang qī diǎn sì shí
早上七點四十。

wǒ men míng tiān jǐ diǎn jiàn
我們明天幾點見？

shàng wǔ jiǔ diǎn bàn
上午九點半。

2

3

wǒ men jīn tiān jǐ diǎn jiàn
我們今天幾點見？

zhōng wǔ shí èr diǎn
中午十二點。

4

wǒ men jǐ diǎn jiàn
我們幾點見？

jīn tiān xià wǔ sān diǎn yí kè
今天下午三點一刻。

5

wǒ men jīn tiān wǎn shang jǐ diǎn jiàn
我們今天晚上幾點見？

bā diǎn shí fēn jiàn
八點十分見。

5 聽錄音，選擇正確答案 🎧 20

①
a) 八點一刻
b) 一點三刻
c) 八點三刻

②
a) 晚上八點半
b) 中午十二點半
c) 下午兩點半

③
a) 下午兩點十分
b) 下午兩點二十
c) 下午兩點十二

④
a) 下午四點一刻
b) 下午四點三刻
c) 下午四點半

⑤
a) 早上七點十四
b) 早上八點三十
c) 早上七點四十

⑥
a) 晚上十一點五十
b) 晚上十一點十五
c) 晚上十點五十

6 模仿例子，編對話

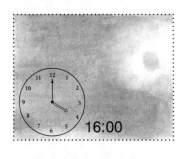
16:00

例子：

xiàn zài jǐ diǎn
A: 現在幾點？

xiàn zài xià wǔ sì diǎn
B: 現在下午四點。

①
10:05

②
12:15

③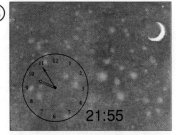
21:55

④
11:20

⑤
14:45

⑥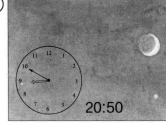
20:50

⑦
17:30

A

zhi chi shi ri zi ci si

yi wu yu ye yue yuan

yin yun ying

B

1) l—u → lu

    n—u → nu

2) l—ü → lü

    n—ü → nü

3)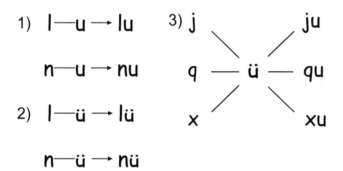

一起讀！　🎧 21

jǐ diǎn jiàn　　wǒ men jǐ diǎn jiàn
幾點見？我們幾點見？

shí diǎn　　shí diǎn　　shàng wǔ shí diǎn
十點，十點，上午十點。

jǐ diǎn jiàn　　wǒ men jǐ diǎn jiàn
幾點見？我們幾點見？

sān diǎn　　sān diǎn　　xià wǔ sān diǎn
三點，三點，下午三點。

---

8 活動

這樣做

- 兩人一組。
- 在規定的時間裏給下面的漢字注拼音。
- 寫對最多的組勝出。

漢字：

yuè

月	號	今	天	明	昨	星	期
日	生	九	千	萬	百	是	晚

9 模仿例子，完成對話

例子：

xiàn zài jǐ diǎn
A: 現在幾點？
bā diǎn líng wǔ fēn
B: 八點零五分。

1

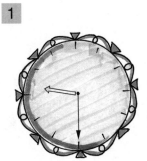

xiàn zài jǐ diǎn le
A: 現在幾點了？

B: ＿＿＿＿＿＿＿

2

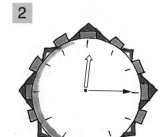

A: ＿＿＿＿＿＿＿
shí èr diǎn yí kè
B: 十二點一刻。

3

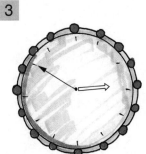

xiàn zài jǐ diǎn
A: 現在幾點？

B: ＿＿＿＿＿＿＿

4

xiàn zài jǐ diǎn le
A: 現在幾點了？

B: ＿＿＿＿＿＿＿

5

jīn tiān jǐ yuè jǐ hào
A: 今天幾月幾號？

B: ＿＿＿＿＿＿＿

6

jīn tiān xīng qī jǐ
A: 今天星期幾？

B: ＿＿＿＿＿＿＿

7

A: ＿＿＿＿＿＿＿
zuó tiān xīng qī rì
B: 昨天星期日。

第四課　我叫王月

生詞 1

1 馬（马）*mǎ* a surname　　馬天樂 *mǎ tiān lè* a full name ◀ Note: In Chinese, the surname is put before the given name.

2 李 *lǐ* a surname　　李大年 *lǐ dà nián* a full name　　**3** 王 *wáng* a surname　　王月 *wáng yuè* a full name

4 叫 *jiào* name; call　　**5** 什麼（么）*shén me* what

6 名 *míng* name　　**7** 字 *zì* name　　名字 *míng zi* name　　你叫什麼名字？ *nǐ jiào shén me míng zi?*

8 歲 *suì* year (of age); a measure word (used for age)　　你幾歲了？我八歲。*nǐ jǐ suì le? wǒ bā suì.*

9 多 *duō* used in questions to indicate degree or extent

10 大 *dà* (of) age　　多大 *duō dà* how old　　你多大了？ *nǐ duō dà le?*

> Grammar: a) When "多大" is used, the person referred to is usually over ten years old.
> b) When "幾歲" is used, the person referred to is usually under ten years old.

11 級 *jí* grade　　年級 *nián jí* grade

12 上 *shàng* begin work or study at a fixed time　　我上七年級。 *wǒ shàng qī nián jí.*

13 也 *yě* also　　我也上七年級。 *wǒ yě shàng qī nián jí.*　　**14** 不 *bù* no; not　　我不上七年級。 *wǒ bú shàng qī nián jí.*

> Note: "不" is pronounced in the 2nd tone if preceded by a 4th tone.

15 嗎 *ma* a particle　　你也上七年級嗎？ *nǐ yě shàng qī nián jí ma?*

> Grammar: a) "嗎" is put at the end of a sentence to form a question.
> b) The yes answer to the question is "我也上七年級", and the no answer is "我不上七年級".

16 呢 *ne* a particle　　我上三年級。你呢？ *wǒ shàng sān nián jí. nǐ ne?*

> Grammar: "呢" can be used after a noun or a pronoun to form a question.

1 活動

我叫李大生。

你叫什麼名字？

這樣做

- 全班一起做。
- 每個人去問五個同學以下四個問題。
- 把答案寫在表格裏。

問題：

1) 你叫什麼名字？

2) 你今年多大了？

3) 你今年上幾年級？

4) 你的生日是幾月幾號？

名字	年齡	年級	生日
1) 李大生	十一歲	七年級	三月一日
2)			
3)			
4)			
5)			
6)			

1

nǐ jiào shén me míng zi
你叫什麼名字？

wǒ jiào wáng yuè
我叫王月。

nǐ duō dà le
你多大了？

wǒ shí yī suì
我十一歲。

nǐ shàng jǐ nián jí
你上幾年級？

wǒ shàng qī nián jí　nǐ yě
我上七年級。你也

shàng qī nián jí ma
上七年級嗎？

wǒ bú shàng qī nián jí　wǒ shàng bā nián jí
我不上七年級。我上八年級。

2

nǐ jiào shén me míng zi
你叫什麼名字？

wǒ jiào mǎ tiān lè
我叫馬天樂。

nǐ jǐ suì le
你幾歲了？

wǒ bā suì
我八歲。

nǐ shàng jǐ nián jí
你上幾年級？

wǒ shàng sān nián jí　nǐ ne
我上三年級。你呢？

wǒ shàng qī nián jí
我上七年級。

2 模仿例子，編對話

月明
六年級
生日：三月六日

例子：

^{nǐ jiào shén me míng zi}
A: 你叫什麼名字？

^{wǒ jiào yuè míng}　　^{jīn tiān sān yuè liù hào}
B: 我叫月明。今天三月六號。

^{jīn tiān shì wǒ de shēng rì}
今天是我的生日。

^{zhù nǐ shēng rì kuài lè}
A: 祝你生日快樂！

^{xiè xie}
B: 謝謝！

^{nǐ jīn nián shàng jǐ nián jí}
A: 你今年上幾年級？

^{wǒ shàng liù nián jí}
B: 我上六年級。

①

大生
五年級
生日：十二月三日

② 謝天
七年級
生日：六月五日

一起讀！　🎧24

^{jǐ suì}　^{jǐ suì}　^{nǐ jīn nián jǐ suì}
幾歲，幾歲，你今年幾歲？

^{bā suì}　^{bā suì}　^{wǒ jīn nián bā suì}
八歲，八歲，我今年八歲。

^{duō dà}　^{duō dà}　^{nǐ jīn nián duō dà}
多大，多大，你今年多大？

^{shí yī}　^{shí yī}　^{wǒ jīn nián shí yī}
十一，十一，我今年十一。

① 田 *tián* a surname　② 阿 *ā* a prefix (used before a nickname, a surname or a relative)

③ 姨 *yí* aunt　阿姨 *ā yí* aunt; a form of address for any woman of mother's generation

田阿姨 *tián ā yí* Auntie Tian

④ 小 *xiǎo* small; little　小名 *xiǎo míng* nickname　我的小名叫樂樂。 *wǒ de xiǎo míng jiào lè le*

⑤ 您 *nín* you (respectfully)　您早！ *nín zǎo*

⑥ 好 *hǎo* used to show politeness　你好！您好！ *nǐ hǎo　nín hǎo*

⑦ 你們 *nǐ men* you (plural)　你們上幾年級？ *nǐ men shàng jǐ nián jí*

⑧ 今年 *jīn nián* this year　你今年上幾年級？我今年上七年級。 *nǐ jīn nián shàng jǐ nián jí　wǒ jīn nián shàng qī nián jí*

▲ **Grammar: a)** Sentence Pattern: Subject + Time Word + Verb + Object
　　　　　b) Time word can also be put in front of the subject , for example, 今年我上七年級 .

⑨ 都 *dōu* both; all　我們都上七年級。 *wǒ men dōu shàng qī nián jí*

⑩ 再 *zài* again　再見 *zài jiàn* goodbye; see you again

我今年上七年級。

我也上七年級。
我們都上七年級。

3 模仿例子，編對話

王老師　田明　朋朋
　　　　十三歲　十三歲
　　　　八年級　八年級

例子：

^{wáng lǎo shī} ^{nǐ men hǎo} ^{nǐ jiào shén me míng zi}
王老師：你們好！你叫什麼名字？

^{tián míng} ^{wǒ jiào tián míng}
田明：我叫田明。

^{wáng lǎo shī} ^{nǐ jīn nián duō dà le}
王老師：你今年多大了？

^{tián míng} ^{shí sān suì}
田明：十三歲。

^{wáng lǎo shī} ^{nǐ shàng jǐ nián jí}
王老師：你上幾年級？

^{tián míng} ^{wǒ shàng bā nián jí}
田明：我上八年級。

^{wáng lǎo shī} ^{nǐ jiào shén me míng zi}
王老師：你叫什麼名字？

^{péng peng} ^{wǒ jiào péng peng}
朋朋：我叫朋朋。

^{wáng lǎo shī} ^{nǐ yě shàng bā nián jí ma}
王老師：你也上八年級嗎？

^{péng peng} ^{wǒ yě shàng bā nián jí}
朋朋：我也上八年級。

^{tián míng} ^{wǒ men dōu shàng bā nián jí}
田明：我們都上八年級。

①

馬老師　大明　天一
　　　　十二歲　十二歲
　　　　七年級　七年級

②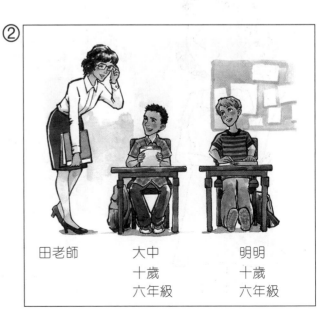

田老師　大中　明明
　　　　十歲　十歲
　　　　六年級　六年級

35

1

tián ā yí　　nín hǎo
田阿姨，您好！

nǐ men hǎo　　　nǐ jiào shén me míng zi
你們好！你叫什麼名字？

wǒ jiào lǐ tiān lè　　wǒ
我叫李天樂。我

de xiǎo míng jiào lè le
的小名叫樂樂。

wǒ jiào wáng yuè
我叫王月。

nǐ duō dà le
你多大了？

wǒ shí suì
我十歲。

wǒ shí yī suì
我十一歲。

nǐ men shàng jǐ nián jí
你們上幾年級？

wǒ men dōu shàng qī nián jí
我們都上七年級。

2

nín zǎo
您早！

nǐ hǎo　　　nǐ jiào shén me míng zi
你好！你叫什麼名字？

wǒ jiào wáng míng
我叫王明。

nǐ jīn nián shàng jǐ nián jí
你今年上幾年級？

wǒ jīn nián shàng qī nián jí　　zài jiàn
我今年上七年級。再見！

zài jiàn
再見！

4 學偏旁部首

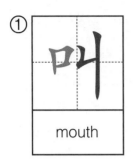

① 叫 mouth

② 你 standing person

③ 今 stretching person

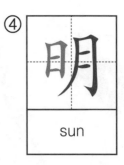

④ 明 sun

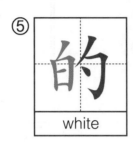

⑤ 的 white

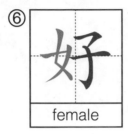

⑥ 好 female

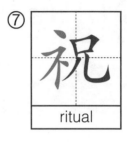

⑦ 祝 ritual

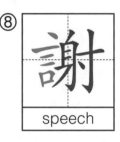

⑧ 謝 speech

5 讀一讀

1)
shí shì shí
十是十，

sì shì sì
四是四。

shí sì shì shí sì
十四是十四，

sì shí shì sì shí
四十是四十。

2)
nǚ zǐ hǎo
女子好，

tián lì nán
田力男。

mén kǒu wèn
門口問，

xiǎo dà jiān
小大尖。

6 活動

二〇一五年三月十六號

星期一

星期天

— 這樣做 —

• 每個學生拿出自己
  的日記／日曆。

• 老師說出一個日期，
  比如：二〇一五年
  三月十六日。

• 學生要在日記／日
  曆上找到那天並說
  出是星期幾。

• 先找到並說對的學
  生勝出。

7 聽錄音，選擇正確答案 🎧 27

① 李月 ＿＿ 歲。

a) 十

b) 十一

c) 十二

② 李月的生日是 ＿＿。

a) 九月二十一日

b) 二月十九日

c) 九月十一日

③ 李月上 ＿＿ 年級。

a) 八

b) 六

c) 七

④ 王大年 ＿＿。

a) 八歲

b) 八歲半

c) 九歲半

⑤ 王大年的生日是 ＿＿。

a) 七月十三日

b) 三月七日

c) 七月三十日

⑥ 王大年上 ＿＿ 年級。

a) 十

b) 五

c) 四

Normal

8 猜一猜，圖中人物在說什麼

你們都上七年級嗎？

你可以用

zhù nǐ shēng rì kuài lè
a) 祝你生日快樂！

wǒ men dōu shàng qī nián jí
b) 我們都上七年級。

xiàn zài wǔ diǎn bàn le
c) 現在五點半了。

míng tiān shì wǒ de shēng rì
d) 明天是我的生日。

míng tiān xīng qī yī
e) 明天星期一。

xiè xie
f) 謝謝！

wǒ jiào mǎ xiǎo tiān
g) 我叫馬小天。

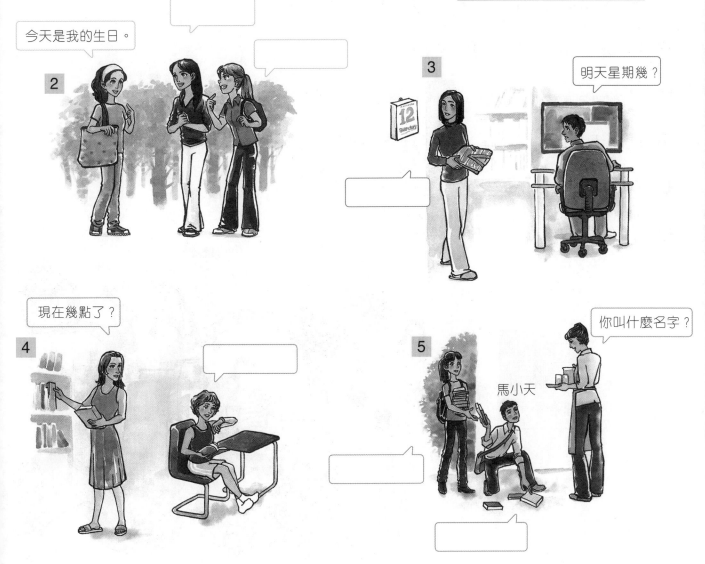

今天是我的生日。

明天星期幾？

現在幾點了？

你叫什麼名字？

馬小天

第五課　我家有七口人

生詞 1 28

① bà ba 爸（爸） dad; father　② mā ma 媽（妈）（媽） mum; mother　③ jiě jie 姐（姐） elder sister

④ mèi mei 妹（妹） younger sister　jiě mèi 姐妹 sisters　⑤ gē ge 哥（哥） elder brother

⑥ dì di 弟（弟） younger brother

⑦ xiōng 兄 elder brother　xiōng dì 兄弟 brothers　xiōng dì jiě mèi 兄弟姐妹 brothers and sisters

⑧ yǒu 有 have　wǒ yǒu liǎng ge dì di 我有兩個弟弟。

⑨ méi 沒 not have　méi yǒu 沒有 not have　wǒ méi yǒu xiōng dì jiě mèi 我沒有兄弟姐妹。

⑩ jiā 家 family; home　⑪ rén 人 person

⑫ kǒu 口 a measure word (used for family members)　nǐ jiā yǒu jǐ kǒu rén 你家有幾口人？ wǒ jiā yǒu qī kǒu rén 我家有七口人。

⑬ hái 還（还） also; in addition　wǒ yǒu yí ge jiě jie 我有一個姐姐， hái yǒu yí ge mèi mei 還有一個妹妹。

⑭ hé 和 and　wǒ jiā yǒu sān kǒu rén 我家有三口人： bà ba 爸爸、 mā ma hé wǒ 媽媽和我。

⑮ shéi 誰（谁） who; whom　nǐ jiā yǒu shéi 你家有誰？

妹妹　弟弟

爸爸

我有兩個妹妹和兩個弟弟。

妹妹

媽媽

1 模仿例子，完成對話

例子：

A: nǐ jiā yǒu jǐ kǒu rén
你家有幾口人？

B: wǔ kǒu rén
五口人。

A: nǐ jiā yǒu shéi
你家有誰？

B: bà ba mā ma gē ge jiě jie
爸爸、媽媽、哥哥、姐姐

hé wǒ
和我。

A: nǐ jiā yǒu jǐ kǒu rén
你家有幾口人？

B: _____

A: nǐ yǒu xiōng dì jiě mèi ma
你有兄弟姐妹嗎？

B: _____

①

A: nǐ yǒu gē ge ma
你有哥哥嗎？

B: _____

A: nǐ yǒu jǐ ge gē ge
你有幾個哥哥？

B: _____

A: nǐ yǒu jiě jie ma
你有姐姐嗎？

B: _____

②

nǐ jiā yǒu jǐ kǒu rén
你家有幾口人？

wǒ jiā yǒu qī kǒu rén
我家有七口人。

nǐ yǒu dì di ma
你有弟弟嗎？

wǒ yǒu dì di
我有弟弟。

nǐ yǒu jǐ ge dì di
你有幾個弟弟？

wǒ yǒu liǎng ge dì di
我有兩個弟弟。

nǐ yǒu jiě jie ma
你有姐姐嗎？

wǒ yǒu yí ge jiě jie hái yǒu
我有一個姐姐，還有
yí ge mèi mei nǐ jiā yǒu jǐ
一個妹妹。你家有幾
kǒu rén nǐ jiā yǒu shéi
口人？你家有誰？

wǒ jiā yǒu sān kǒu rén bà
我家有三口人：爸
ba mā ma hé wǒ wǒ
爸、媽媽和我。我
méi yǒu xiōng dì jiě mèi
沒有兄弟姐妹。

2 模仿例子，編對話

爸爸

媽媽

大弟弟
八歲
四年級

小弟弟
六歲
二年級

我
十一歲
七年級

妹妹
四歲

爸爸

姐姐
十二歲
七年級

媽媽

哥哥
十四歲
九年級

妹妹
三歲

我
十歲
五年級

例子：

nǐ jiā yǒu jǐ kǒu rén
A: 你家有幾口人？

wǒ jiā yǒu liù kǒu rén
B: 我家有六口人。

nǐ yǒu gē ge ma
A: 你有哥哥嗎？

wǒ méi yǒu gē ge
B: 我沒有哥哥。

nǐ yǒu dì di ma
A: 你有弟弟嗎？

yǒu
B: 有。

nǐ yǒu jǐ ge dì di
A: 你有幾個弟弟？

liǎng ge
B: 兩個。

nǐ dà dì di jīn nián jǐ suì
A: 你大弟弟今年幾歲？

……

一起讀！

nǐ jiā yǒu shéi   nǐ jiā yǒu shéi
你家有誰？你家有誰？
bà ba   mā ma   xiōng dì jiě mèi
爸爸、媽媽、兄弟姐妹。
nǐ jiā yǒu shéi   nǐ jiā yǒu shéi
你家有誰？你家有誰？
bà ba   mā ma   xiōng dì jiě mèi
爸爸、媽媽、兄弟姐妹。

1 這（这）_{this}　這個這人是誰？
zhè　　　　　　zhè ge zhè rén shì shéi

這是你姐姐嗎？
zhè shì nǐ jiě jie ma

▲　• • •

Grammar: When "你", "我", "他" or "她" comes before the words for family members, "的" is not needed.

2 那 _{that}　那個人是誰？
nà　　　　nà ge rén shì shéi

▲　•

Grammar: Pattern: 這 / 那 + Measure Word + Noun

3 他 _{he; him}　他是我哥哥。
tā　　　　　　tā shì wǒ gē ge

4 她 _{she; her}　她是我妹妹。
tā　　　　　　tā shì wǒ mèi mei

5 學（学）_{school; study}　小學 _{primary school}　中學 _{secondary school}
xué　　　　　　　　　　xiǎo xué　　　　　　zhōng xué

6 大 _{big; large}　大學 _{university}
dà　　　　　　dà xué

7 生 _{student}　學生 _{student}
shēng　　　　xué shēng

小學生 _{primary school student}　她是小學生。
xiǎo xué shēng　　　　　　　　　　tā shì xiǎo xué shēng

中學生 _{secondary school student}　她是中學生。
zhōng xué shēng　　　　　　　　　　tā shì zhōng xué shēng

大學生 _{university student}　他是大學生。
dà xué shēng　　　　　　　　　　tā shì dà xué shēng

我是中學生。

我也是中學生。

44

3 模仿例子，介紹你的家人

例子：

A: <ruby>這<rt>zhè</rt></ruby> <ruby>個<rt>ge</rt></ruby> <ruby>人<rt>rén</rt></ruby> <ruby>是<rt>shì</rt></ruby> <ruby>誰<rt>shéi</rt></ruby> ？

B: <ruby>他<rt>tā</rt></ruby> <ruby>是<rt>shì</rt></ruby> <ruby>我<rt>wǒ</rt></ruby> <ruby>哥<rt>gē</rt></ruby> <ruby>哥<rt>ge</rt></ruby> 。

A: <ruby>他<rt>tā</rt></ruby> <ruby>今<rt>jīn</rt></ruby> <ruby>年<rt>nián</rt></ruby> <ruby>多<rt>duō</rt></ruby> <ruby>大<rt>dà</rt></ruby> <ruby>了<rt>le</rt></ruby> ？

B: <ruby>他<rt>tā</rt></ruby> <ruby>十<rt>shí</rt></ruby> <ruby>六<rt>liù</rt></ruby> <ruby>歲<rt>suì</rt></ruby> 。

A: <ruby>他<rt>tā</rt></ruby> <ruby>今<rt>jīn</rt></ruby> <ruby>年<rt>nián</rt></ruby> <ruby>上<rt>shàng</rt></ruby> <ruby>幾<rt>jǐ</rt></ruby> <ruby>年<rt>nián</rt></ruby> <ruby>級<rt>jí</rt></ruby> ？

B: <ruby>他<rt>tā</rt></ruby> <ruby>今<rt>jīn</rt></ruby> <ruby>年<rt>nián</rt></ruby> <ruby>上<rt>shàng</rt></ruby> <ruby>十<rt>shí</rt></ruby> <ruby>年<rt>nián</rt></ruby> <ruby>級<rt>jí</rt></ruby> 。<ruby>明<rt>míng</rt></ruby> <ruby>天<rt>tiān</rt></ruby> <ruby>是<rt>shì</rt></ruby> <ruby>他<rt>tā</rt></ruby> <ruby>的<rt>de</rt></ruby> <ruby>生<rt>shēng</rt></ruby> <ruby>日<rt>rì</rt></ruby> 。

A: <ruby>他<rt>tā</rt></ruby> <ruby>的<rt>de</rt></ruby> <ruby>生<rt>shēng</rt></ruby> <ruby>日<rt>rì</rt></ruby> <ruby>是<rt>shì</rt></ruby> <ruby>十<rt>shí</rt></ruby> <ruby>一<rt>yī</rt></ruby> <ruby>月<rt>yuè</rt></ruby> <ruby>七<rt>qī</rt></ruby> <ruby>號<rt>hào</rt></ruby> 。<ruby>祝<rt>zhù</rt></ruby> <ruby>他<rt>tā</rt></ruby> <ruby>生<rt>shēng</rt></ruby> <ruby>日<rt>rì</rt></ruby> <ruby>快<rt>kuài</rt></ruby> <ruby>樂<rt>lè</rt></ruby> ！

B: <ruby>謝<rt>xiè</rt></ruby> <ruby>謝<rt>xie</rt></ruby> ！

A: <ruby>這<rt>zhè</rt></ruby> <ruby>個<rt>ge</rt></ruby> <ruby>人<rt>rén</rt></ruby> <ruby>是<rt>shì</rt></ruby> <ruby>誰<rt>shéi</rt></ruby> ？

B: <ruby>她<rt>tā</rt></ruby> <ruby>是<rt>shì</rt></ruby> <ruby>我<rt>wǒ</rt></ruby> <ruby>姐<rt>jiě</rt></ruby> <ruby>姐<rt>jie</rt></ruby> 。

A: <ruby>你<rt>nǐ</rt></ruby> <ruby>有<rt>yǒu</rt></ruby> <ruby>幾<rt>jǐ</rt></ruby> <ruby>個<rt>ge</rt></ruby> <ruby>姐<rt>jiě</rt></ruby> <ruby>姐<rt>jie</rt></ruby> ？

B: <ruby>我<rt>wǒ</rt></ruby> <ruby>有<rt>yǒu</rt></ruby> <ruby>兩<rt>liǎng</rt></ruby> <ruby>個<rt>ge</rt></ruby> <ruby>姐<rt>jiě</rt></ruby> <ruby>姐<rt>jie</rt></ruby> 。<ruby>她<rt>tā</rt></ruby> <ruby>是<rt>shì</rt></ruby> <ruby>我<rt>wǒ</rt></ruby> <ruby>二<rt>èr</rt></ruby> <ruby>姐<rt>jiě</rt></ruby> 。

A: <ruby>她<rt>tā</rt></ruby> <ruby>今<rt>jīn</rt></ruby> <ruby>年<rt>nián</rt></ruby> <ruby>多<rt>duō</rt></ruby> <ruby>大<rt>dà</rt></ruby> <ruby>了<rt>le</rt></ruby> ？

B: <ruby>她<rt>tā</rt></ruby> <ruby>今<rt>jīn</rt></ruby> <ruby>年<rt>nián</rt></ruby> <ruby>十<rt>shí</rt></ruby> <ruby>三<rt>sān</rt></ruby> <ruby>歲<rt>suì</rt></ruby> 。

A: <ruby>她<rt>tā</rt></ruby> <ruby>今<rt>jīn</rt></ruby> <ruby>年<rt>nián</rt></ruby> <ruby>上<rt>shàng</rt></ruby> <ruby>幾<rt>jǐ</rt></ruby> <ruby>年<rt>nián</rt></ruby> <ruby>級<rt>jí</rt></ruby> ？

B: <ruby>八<rt>bā</rt></ruby> <ruby>年<rt>nián</rt></ruby> <ruby>級<rt>jí</rt></ruby> 。

A: <ruby>那<rt>nà</rt></ruby> <ruby>個<rt>ge</rt></ruby> <ruby>人<rt>rén</rt></ruby> <ruby>是<rt>shì</rt></ruby> <ruby>誰<rt>shéi</rt></ruby> ？

……

你可以用

a) <ruby>他<rt>tā</rt></ruby> <ruby>叫<rt>jiào</rt></ruby> <ruby>什<rt>shén</rt></ruby> <ruby>麼<rt>me</rt></ruby> <ruby>名<rt>míng</rt></ruby> <ruby>字<rt>zi</rt></ruby> ？

b) <ruby>他<rt>tā</rt></ruby> <ruby>今<rt>jīn</rt></ruby> <ruby>年<rt>nián</rt></ruby> <ruby>多<rt>duō</rt></ruby> <ruby>大<rt>dà</rt></ruby> <ruby>了<rt>le</rt></ruby> ？

c) <ruby>他<rt>tā</rt></ruby> <ruby>幾<rt>jǐ</rt></ruby> <ruby>歲<rt>suì</rt></ruby> <ruby>了<rt>le</rt></ruby> ？

d) <ruby>他<rt>tā</rt></ruby> <ruby>上<rt>shàng</rt></ruby> <ruby>幾<rt>jǐ</rt></ruby> <ruby>年<rt>nián</rt></ruby> <ruby>級<rt>jí</rt></ruby> ？

e) <ruby>他<rt>tā</rt></ruby> <ruby>的<rt>de</rt></ruby> <ruby>生<rt>shēng</rt></ruby> <ruby>日<rt>rì</rt></ruby> <ruby>是<rt>shì</rt></ruby> <ruby>幾<rt>jǐ</rt></ruby> <ruby>月<rt>yuè</rt></ruby> <ruby>幾<rt>jǐ</rt></ruby> <ruby>號<rt>hào</rt></ruby> ？

f) <ruby>這<rt>zhè</rt></ruby> <ruby>個<rt>ge</rt></ruby> <ruby>人<rt>rén</rt></ruby> <ruby>是<rt>shì</rt></ruby> <ruby>誰<rt>shéi</rt></ruby> ？

g) <ruby>那<rt>nà</rt></ruby> <ruby>個<rt>ge</rt></ruby> <ruby>人<rt>rén</rt></ruby> <ruby>是<rt>shì</rt></ruby> <ruby>誰<rt>shéi</rt></ruby> ？

h) <ruby>你<rt>nǐ</rt></ruby> <ruby>有<rt>yǒu</rt></ruby> <ruby>姐<rt>jiě</rt></ruby> <ruby>姐<rt>jie</rt></ruby> <ruby>嗎<rt>ma</rt></ruby> ？<ruby>你<rt>nǐ</rt></ruby> <ruby>有<rt>yǒu</rt></ruby> <ruby>幾<rt>jǐ</rt></ruby> <ruby>個<rt>ge</rt></ruby> <ruby>姐<rt>jiě</rt></ruby> <ruby>姐<rt>jie</rt></ruby> ？

i) <ruby>你<rt>nǐ</rt></ruby> <ruby>哥<rt>gē</rt></ruby> <ruby>哥<rt>ge</rt></ruby> <ruby>和<rt>hé</rt></ruby> <ruby>姐<rt>jiě</rt></ruby> <ruby>姐<rt>jie</rt></ruby> <ruby>都<rt>dōu</rt></ruby> <ruby>是<rt>shì</rt></ruby> <ruby>中<rt>zhōng</rt></ruby> <ruby>學<rt>xué</rt></ruby> <ruby>生<rt>shēng</rt></ruby> <ruby>嗎<rt>ma</rt></ruby> ？

哥哥　我　二姐　爸爸　媽媽　大姐

哥哥　　妹妹　我　姐姐

zhè ge rén shì shéi
這個人是誰？

tā shì wǒ gē ge　　tā shì dà xué shēng
他是我哥哥。他是大學生。
tā jīn nián shí jiǔ suì
他今年十九歲。

nà ge rén shì shéi
那個人是誰？

tā shì wǒ mèi mei　　tā shì xiǎo
她是我妹妹。她是小
xué shēng　　tā jīn nián shí suì
學生。她今年十歲。

zhè shì nǐ jiě jie ma
這是你姐姐嗎？

tā shì wǒ jiě jie　　tā shì zhōng xué shēng　　tā jīn nián
她是我姐姐。她是中學生。她今年
shàng shí yī nián jí　　nǐ yǒu xiōng dì jiě mèi ma
上十一年級。你有兄弟姐妹嗎？

wǒ yǒu yí ge jiě jie　　yí ge gē ge hé yí ge mèi mei
我有一個姐姐、一個哥哥和一個妹妹。

nǐ jiě jie hé gē ge dōu shì zhōng xué shēng ma
你姐姐和哥哥都是中學生嗎？

wǒ jiě jie shì dà xué shēng
我姐姐是大學生，
wǒ gē ge shì zhōng xué shēng
我哥哥是中學生。

nǐ mèi mei jǐ suì le
你妹妹幾歲了？

tā jiǔ suì　　tā shì xiǎo xué shēng
她九歲。她是小學生。

46

4 學偏旁部首

①
feeling

②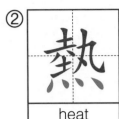
heat

③
rain

④
long knife

⑤
sheep

⑥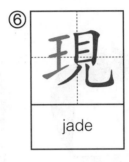
jade

⑦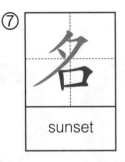
sunset

⑧
roof with chimney

5 聽錄音，選擇正確答案 🎧 33

①
她 ____ 。
a) 有兄弟姐妹
b) 沒有哥哥
c) 有兩個哥哥

②
她 ____ 。
a) 哥哥十九歲
b) 姐姐十九歲
c) 弟弟九歲

③
她哥哥上 ____ 。
a) 中學二年級
b) 大學二年級
c) 八年級

④
他 ____ 。
a) 有一個弟弟
b) 沒有姐姐
c) 有一個妹妹

⑤
他姐姐 ____ 歲，
上 ____ 年級。
a) 十五、十
b) 十六、十
c) 十六、十一

⑥
他弟弟 ____ 歲，
上 ____ 年級。
a) 八、三
b) 八、四
c) 十二、八

例子：

<ruby>早<rt>zǎo</rt></ruby> <ruby>上<rt>shang</rt></ruby> <ruby>六<rt>liù</rt></ruby> <ruby>點<rt>diǎn</rt></ruby> <ruby>半<rt>bàn</rt></ruby>
早上六點半

zǎo shang
早上

1

wǎn shang
晚上

2

zǎo shang
早上

3

shàng wǔ
上午

4

zhōng wǔ
中午

5

zǎo shang
早上

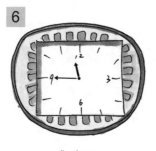

6

wǎn shang
晚上

7

shàng wǔ
上午

8

xià wǔ
下午

9

wǎn shang
晚上

10

xià wǔ
下午

一起讀！ 34

zhè ge rén shì dà xué shēng　　　tā shì dà xué shēng
這個人是大學生，他是大學生。

zhè ge rén shì wǒ gē ge　　　tā shì wǒ gē ge
這個人是我哥哥，他是我哥哥。

zhè ge rén shì zhōng xué shēng　　　tā shì zhōng xué shēng
這個人是中學生，她是中學生。

zhè ge rén shì wǒ jiě jie　　　tā shì wǒ jiě jie
這個人是我姐姐，她是我姐姐。

7 活動

mouth

這樣做
- 兩人一組。
- 在規定的時間裏記住下面的偏旁部首。
- 老師給學生聽寫。
- 寫對最多的組勝出。

偏旁部首：

口	亻	人	日	女	白	言	礻
忄	灬	雨	刂	羊	王	夕	宀

8 口頭報告

Talk about yourself and your family.

例子：

wǒ jiào wáng xīng wǒ jīn nián
我叫王星。我今年

shí èr suì shàng qī nián jí
十二歲，上七年級。

wǒ jiā yǒu wǔ kǒu rén bà
我家有五口人：爸

ba mā ma jiě jie dì di
爸、媽媽、姐姐、弟弟

hé wǒ wǒ jiě jie shì dà xué
和我。我姐姐是大學

shēng wǒ shì zhōng xué shēng wǒ dì
生。我是中學生。我弟

di shì xiǎo xué shēng
弟是小學生。

王星
媽媽
爸爸
姐姐
弟弟

第六課 他長什麼樣

❶ yǎn 眼 eye

❷ jīng 睛 eyeball　yǎn jing 眼睛 eye　tā yǒu dà yǎn jing 他有大眼睛。

❸ bí 鼻 nose

❹ zi 子 a suffix　bí zi 鼻子 nose

❺ zuǐ 嘴 mouth

❻ ba 巴 a suffix　zuǐ ba 嘴巴 mouth

❼ ěr 耳 ear　ěr duo 耳朵 ear

❽ tóu 頭（头）head

❾ fà 髮 hair　tóu fa 頭髮 hair

❿ hěn 很 very

⓫ duǎn 短 short (in length)　tā de tóu fa hěn duǎn 他的頭髮很短。

▲

Grammar: a) Sentence Pattern: Subject + 很 + Adjective
b) In this case, "很" loses its original meaning "very".

⓬ cháng 長（长）long　tā de tóu fa bù cháng yě bù duǎn 她的頭髮不長也不短。

⓭ zhǎng 長 grow

⓮ yàng 樣（样）appearance　nǐ gē ge zhǎng shén me yàng 你哥哥長什麼樣？

他有大眼睛、大鼻子和大嘴巴。

你弟弟長什麼樣？

1 模仿例子，看圖說話

例子：
dà tóu
大頭

①

②

③

④

⑤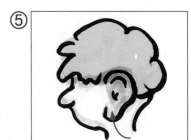

2 活動

你哥哥長什麼樣？

他有大眼睛、小鼻子和大嘴巴。他的頭髮……

這樣做

- 兩人一組。
- 同學 1 描述他／她的一個兄弟姐妹的樣子。
- 同學 2 一邊聽一邊畫像。

你可以用

tā yǒu dà yǎn jing　xiǎo bí zi hé xiǎo zuǐ ba
a) 他有大眼睛、小鼻子和小嘴巴。

tā de yǎn jing bú dà
b) 他的眼睛不大。

tā de tóu fa bù cháng yě bù duǎn
c) 她的頭髮不長也不短。

tā de tóu fa hěn cháng
d) 她的頭髮很長。

51

nǐ yǒu xiōng dì jiě mèi ma
你有兄弟姐妹嗎？

wǒ yǒu xiōng dì jiě mèi
我有兄弟姐妹。

nǐ yǒu jǐ ge xiōng dì jiě mèi
你有幾個兄弟姐妹？

wǒ yǒu yí ge gē ge hé yí ge mèi mei
我有一個哥哥和一個妹妹。

nǐ gē ge zhǎng shén me yàng
你哥哥長什麼樣？

tā yǒu dà yǎn jing dà bí zi xiǎo zuǐ ba
他有大眼睛、大鼻子、小嘴巴
hé dà ěr duo tā de tóu fa hěn duǎn
和大耳朵。他的頭髮很短。

nǐ mèi mei zhǎng shén me yàng
你妹妹長什麼樣？

tā yǒu xiǎo yǎn jing xiǎo bí zi hé xiǎo zuǐ
她有小眼睛、小鼻子和小嘴
ba tā de tóu fa bù cháng yě bù duǎn
巴。她的頭髮不長也不短。

3 模仿例子，編對話

例子：

A: 他叫什麼名字？
tā jiào shén me míng zi

B: 他叫李明。
tā jiào lǐ míng

A: 他今年多大了？
tā jīn nián duō dà le

B: 他今年十一歲。
tā jīn nián shí yī suì

A: 他上幾年級？
tā shàng jǐ nián jí

B: 六年級。
liù nián jí

A: 他的生日是幾月幾號？
tā de shēng rì shì jǐ yuè jǐ hào

B: 五月二號。
wǔ yuè èr hào

A: 他長什麼樣？
tā zhǎng shén me yàng

……

你可以用

a) 他有長頭髮。
tā yǒu cháng tóu fa

b) 她的頭髮不長也不短。
tā de tóu fa bù cháng yě bù duǎn

c) 他的眼睛不大。
tā de yǎn jing bú dà

d) 她有大眼睛、小鼻子和小嘴巴。
tā yǒu dà yǎn jing xiǎo bí zi hé xiǎo zuǐ ba

一起唱！

眼睛、鼻子、嘴巴，耳朵、頭髮。
yǎn jing bí zi zuǐ ba ěr duo tóu fa

眼睛、鼻子、嘴巴，耳朵、頭髮。
yǎn jing bí zi zuǐ ba ěr duo tóu fa

田田
十歲
五年級
生日：十二月四日

家家
十二歲
七年級
生日：九月十日

多多
十三歲
八年級
生日：三月二十日

李明
十一歲
六年級
生日：五月二日

1 liǎn
臉（脸）face

2 yuán
圓（圆）round
　tā de liǎn yuán yuán de　　　tā yǒu yuán yuán de liǎn
他的臉圓圓的。＝他有圓圓的臉。

▲ **Grammar:** a) Adjectives are repeated to indicate a higher degree.
b) Pattern: Adjective + Adjective + 的

3 gāo
高 tall; high
4 ǎi
矮 short (of stature)
5 pàng
胖 fat; plump
6 shòu
瘦 thin; slim

7 de
得 a particle
　tā zhǎng de gāo gāo de
他長得高高的。

▲ **Grammar:** a) "得" can be put between a verb and a complement of degree.
b) Pattern: Verb + 得 + Adjective + Adjective + 的

8 dà
大 eldest
　　dà dì di
大弟弟 eldest younger brother
　　wǒ dà dì di jīn nián bā suì
我大弟弟今年八歲。

9 xiǎo
小 youngest
　　xiǎo dì di
小弟弟 youngest younger brother
　　wǒ xiǎo dì di zhǎng de ǎi ǎi de　pàng pàng de
我小弟弟長得矮矮的、胖胖的。

10 shàng xué
上學 attend school; go to school

11 hái
還 still
　hái méi
還沒 not yet
　wǒ xiǎo dì di hái méi shàng xué
我小弟弟還沒上學。

我姐姐長得矮矮的、瘦瘦的。

我姐姐長得高高的、胖胖的。

4 模仿例子，編對話

朵朵
中學生
八年級

例子：

A: duǒ duo zhǎng shén me yàng
朵朵長 什麼樣？

B: tā de tóu fa bù cháng yě bù duǎn 她的頭髮不長也不短。tā yǒu dà dà de yǎn jing gāo gāo她有大大的眼睛、高高de bí zi hé dà dà de zuǐ ba的鼻子和大大的嘴巴。tā zhǎng de bú pàng bú shòu bù gāo她長得不胖不瘦，不高bù ǎi不矮。

A: tā jīn nián shàng jǐ nián jí
她今年上幾年級？

B: tā shàng bā nián jí tā shì zhōng xué shēng
她上八年級。她是中學生。

①

圓圓
小學生
四年級

②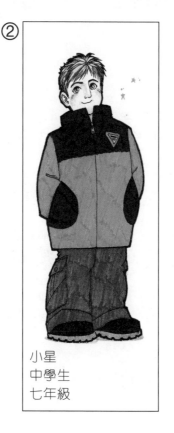

小星
中學生
七年級

┌─ 你可以用 ─

a) tā shì zhōng xué shēng
他是中學生。

b) tā shàng qī nián jí
他上七年級。

c) tā yǒu dà yǎn jing hé gāo bí zi
他有大眼睛和高鼻子。

d) tā de ěr duo dà dà de
他的耳朵大大的。

e) tā zhǎng de gāo gāo de shòushòu de
他長得高高的、瘦瘦的。

f) tā zhǎng de bú pàng bú shòu
她長得不胖不瘦。

g) tā yǒuchángcháng de tóu fa
她有長長的頭髮。

h) tā de tóu fa bù cháng yě bù duǎn
他的頭髮不長也不短。

高明　　大弟弟　　小弟弟

　　我叫高明。我有兩個弟弟。我大弟弟今年八歲，上四年級。我小弟弟今年四歲，還沒上學。

　　我大弟弟長得高高的、瘦瘦的。他的頭大大的，臉圓圓的。我小弟弟長得矮矮的、胖胖的。他的眼睛和鼻子都小小的。

5 學偏旁部首

① mountain

② silk

③ ear

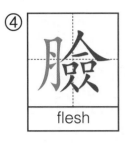
④ flesh

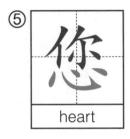
⑤ heart

⑥ father

⑦ water

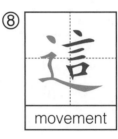
⑧ movement

6 活動

她的頭髮不長也不短。她有大眼睛、小鼻子和小嘴巴。她長得 ……。她是誰？

她是 …… 嗎？

你可以用

tā zhǎng de gāo gāo de　shòushòu de
a) 她長得高高的、瘦瘦的。

tā zhǎng de ǎi ǎi de　pàngpàng de
b) 她長得矮矮的、胖胖的。

tā zhǎng de bú pàng yě bú shòu
c) 她長得不胖也不瘦。

tā de tóu fa cháng cháng de
d) 她的頭髮長長的。

tā yǒu yuányuán de liǎn
e) 她有圓圓的臉。

這樣做

• 兩人一組。
• 同學 1 說出班上某位同學的三個樣貌特徵。
• 同學 2 要猜出這位同學是誰。

① 他有 ＿＿。
a) 大眼睛
b) 小嘴巴
c) 短頭髮

② 她 ＿＿。
a) 不胖不瘦
b) 有長頭髮
c) 有大眼睛

③ 他 ＿＿。
a) 長得高高的
b) 長得胖胖的
c) 有大大的鼻子

④ 哥哥 ＿＿。
a) 有小鼻子
b) 有長頭髮
c) 長得矮矮的

⑤ 妹妹 ＿＿。
a) 長得瘦瘦的
b) 有短頭髮
c) 有高鼻子

⑥ 姐姐 ＿＿。
a) 有長頭髮
b) 很矮、很瘦
c) 有小嘴巴

8 活動

這樣做

• 每個學生在規定的時間裏記住下面的偏旁部首。
• 老師給學生聽寫。
• 寫完後跟同桌訂正。
• 全部寫對的學生勝出。

偏旁部首：

| 口 | 亻 | 人 | 日 | 月 | 白 | 言 | 衤 | 忄 | 灬 |

| 雨 | 刂 | 羊 | 王 | 夕 | 宀 | 山 | 糹 | 阝 | 女 | 心 | 父 | 氵 | 辶 |

9 讀一讀

1) nǎi nai

2) zǒu lù

3) yào shi

4) shuǐ jiǎo

5) jiāo shū

6) ruì shì

7) mèi mei

8) jiǔ shí

9) yǒu hǎo

10) zǎo fàn

11) qiǎo kè lì

12) xiǎo xué shēng

一起讀！🎧40

wǒ bù gāo，yě bù ǎi
我不高，也不矮。

wǒ bú pàng，yě bú shòu
我不胖，也不瘦。

tóu fa bù cháng yě bù duǎn
頭髮不長也不短，

yǎn jing bú dà yě bù xiǎo
眼睛不大也不小。

10 口頭報告

Introduce your family members and describe their appearance.

例子：

wǒ jiào wáng dà yǒu　wǒ jīn nián shí yī suì　shàng liù nián jí
我叫王大有。我今年十一歲，上六年級。

wǒ jiā yǒu liù kǒu rén　bà ba　mā ma　dà gē　èr
我家有六口人：爸爸、媽媽、大哥、二

gē　mèi mei hé wǒ
哥、妹妹和我。

wǒ dà gē hé èr gē dōu shì zhōng xué shēng　wǒ shì xiǎo xué shēng
我大哥和二哥都是中學生。我是小學生。

wǒ mèi mei hái méi shàng xué
我妹妹還沒上學。

wǒ dà gē zhǎng de gāo gāo de　pàng pàng de　tā de tóu fa duǎn
我大哥長得高高的、胖胖的。他的頭髮短

duǎn de　liǎn cháng cháng de　bí zi gāo gāo de　tā de yǎn jing dà dà
短的，臉長長的，鼻子高高的。他的眼睛大大

de　zuǐ ba yě dà dà de
的，嘴巴也大大的。

……

59

第七課　我是中國人

生詞 1 41

① wài
外 related through one's mother's, sister's or daughter's side of the family

② gōng
公 an elderly man　wài gōng
外公 mother's father

③ pó
婆 an elderly woman　wài pó
外婆 mother's mother

④ yé　ye
爺（爷）爺 father's father

⑤ nǎi nai
奶奶 father's mother

⑥ guó
國（国）country　zhōng guó
中國 China　zhōng guó rén
中國人 Chinese (people)　wǒ shì zhōng guó rén
我是中國人。

⑦ měi guó
美國 United States of America　měi guó rén
美國人 American (people)

⑧ yīng guó
英國 Britain　yīng guó rén
英國人 British

⑨ fǎ guó
法國 France　fǎ guó rén
法國人 French (people)

⑩ dé guó
德國 Germany　dé guó rén
德國人 German (people)

⑪ zhù
住 live

⑫ zài
在 in; on; at　wǒ yé ye　nǎi nai zhù zài měi guó
我爺爺、奶奶住在美國。

Grammar: Sentence Pattern: Subject + 住 + 在 + Place Word

⑬ nǎ
哪 which; what　nǎ guó rén
哪國人 what nationality　nǐ wài gōng　wài pó shì nǎ guó rén
你外公、外婆是哪國人？

⑭ ér
兒（儿）a suffix　nǎr
哪兒 where

⑮ tā men
他們 they; them　tā men xiàn zài zhù zài　nǎr
他們現在住在哪兒？

⑯ duì
對（对）correct

我外公是中國人，
我外婆是美國人。

我爺爺是英國人，
我奶奶是法國人。

1 模仿例子，編對話

例子：

A: tā shì shéi 他是誰？

B: tā shì wǒ yé ye 他是我爺爺。

A: tā shì nǎ guó rén 他是哪國人？

B: tā shì měi guó rén 他是美國人。

A: tā shì nǐ nǎi nai ma 她是你奶奶嗎？

B: duì　　tā shì wǒ nǎi nai 對，她是我奶奶。

A: tā shì nǎ guó rén 她是哪國人？

B: tā shì yīng guó rén 她是英國人。

A: tā men xiàn zài zhù zài nǎr 他們現在住在哪兒？

B: tā men xiàn zài zhù zài měi guó 他們現在住在美國。

爺爺：美國人
奶奶：英國人
美國

①

爺爺：中國人
奶奶：法國人
中國

②

外公：英國人
外婆：德國人
英國

61

❶

nǐ shì nǎ guó rén
你是哪國人？

wǒ shì zhōng guó rén
我是中國人。

nǐ bà ba mā ma dōu shì zhōng guó rén ma
你爸爸、媽媽都是中國人嗎？

duì tā men dōu shì zhōng guó rén
對，他們都是中國人。

❷

tā men shì shéi
他們是誰？

wǒ yé ye nǎi nai
我爺爺、奶奶。

tā men shì nǎ guó rén
他們是哪國人？

wǒ yé ye shì měi guó rén nǎi nai shì dé guó rén
我爺爺是美國人，奶奶是德國人。

tā men xiàn zài zhù zài nǎr
他們現在住在哪兒？

tā men zhù zài měi guó
他們住在美國。

tā men shì nǐ wài gōng wài pó ma
他們是你外公、外婆嗎？

duì
對。

tā men shì nǎ guó rén
他們是哪國人？

wǒ wài gōng shì yīng guó rén wài pó shì fǎ
我外公是英國人，外婆是法
guó rén tā men xiàn zài zhù zài yīng guó
國人。他們現在住在英國。

2 模仿例子，看圖說話

例子：

tā jiào wáng xué yǒu　　tā jīn
他叫王學友。他今

nián bā suì　　shàng xiǎo xué sān nián
年八歲，上小學三年

jí　　tā zhǎng de gāo gāo de
級。他長得高高的、

shòu shòu de　　tā yǒu dà dà de yǎn
瘦瘦的。他有大大的眼

jing　　xiǎo xiǎo de bí zi hé dà dà
睛、小小的鼻子和大大

de zuǐ ba　　tā de tóu fa bù cháng
的嘴巴。他的頭髮不長

yě bù duǎn　　tā zhù zài dé guó
也不短。他住在德國。

王學友
八歲
三年級
住在德國

①

小英子
十歲
五年級
住在英國

②

小美
五歲
住在中國

你可以用

tā jiào xiǎo yīng zi
a) 她叫小英子。

tā shì xiǎo xué shēng
b) 他是小學生。

tā hái méi shàng xué
c) 他還沒上學。

tā de liǎn yuán yuán de
d) 她的臉圓圓的。

tā yǒu xiǎo xiǎo de yǎn jing
e) 她有小小的眼睛。

tā de tóu fa cháng cháng de
f) 她的頭髮長長的。

tā zhǎng de ǎi ǎi de
g) 她長得矮矮的。

tā zhǎng de bú pàng yě bú shòu
h) 他長得不胖也不瘦。

一起讀！ 43

nǐ yé ye　　nǎi nai shì nǎ guó rén　　tā men shì nǎ guó rén
你爺爺、奶奶是哪國人？他們是哪國人？

tā men dōu shì dé guó rén　　dōu shì dé guó rén
他們都是德國人，都是德國人。

nǐ wài gōng　　wài pó shì nǎ guó rén　　tā men shì nǎ guó rén
你外公、外婆是哪國人？他們是哪國人？

tā men dōu shì yīng guó rén　　dōu shì yīng guó rén
他們都是英國人，都是英國人。

1 西班牙 xī bān yá Spain　西班牙人 xī bān yá rén Spanish (people)

2 俄羅（罗）斯 é luó sī Russia　俄羅斯人 é luó sī rén Russian (people)

3 日本 rì běn Japan　日本人 rì běn rén Japanese (people)　4 新加坡 xīn jiā pō Singapore　新加坡人 xīn jiā pō rén Singaporean

5 同 tóng same　同學 tóng xué schoolmate　馬小星是我的同學。 mǎ xiǎo xīng shì wǒ de tóng xué

6 一半 yí bàn one half　她一半是西班牙人，一半是日本人。 tā yí bàn shì xī bān yá rén　yí bàn shì rì běn rén

7 獨（独）dú only　8 女 nǚ daughter　獨生女 dú shēng nǚ only daughter

9 子 zǐ son　獨生子 dú shēng zǐ only son　10 在 zài to be in, on or at　11 一起 yì qǐ together

12 每 měi every　每天 měi tiān every day　我們三個人每天都在一起。 wǒ men sān ge rén měi tiān dōu zài yì qǐ

▲ Grammar: "都" is always used with "每".

13 但 dàn but　但是 dàn shì but

14 長大 zhǎng dà grow up　他在美國出生，但是在德國長大。 tā zài měi guó chū shēng　dàn shì zài dé guó zhǎng dà

▲ Grammar: Sentence Pattern: Subject + Place Word + Verb

15 家 jiā a measure word (used for families or enterprises)

一家人 yì jiā rén one family　他們一家人現在住在中國。 tā men yì jiā rén xiàn zài zhù zài zhōng guó

我在美國出生，在法國長大。

我在西班牙出生，在日本長大。

3 用所給問題編對話

nǐ yǒu jǐ ge hǎo péng you
1) 你有幾個好朋友？

nǐ de hǎo péng you jiào shén me míng zi
2) 你的好朋友叫什麼名字？

tā tā jīn nián duō dà le
3) 他／她今年多大了？

tā tā de shēng rì shì jǐ yuè jǐ hào
4) 他／她的生日是幾月幾號？

tā tā zài nǎr chū shēng
5) 他／她在哪兒出生？

tā tā zài nǎr zhǎng dà
6) 他／她在哪兒長大？

tā tā jīn nián shàng jǐ nián jí
7) 他／她今年上幾年級？

tā tā zhǎng shén me yàng
8) 他／她長什麼樣？

tā tā bà ba shì nǎ guó rén
9) 他／她爸爸是哪國人？

tā tā mā ma shì nǎ guó rén
10) 他／她媽媽是哪國人？

tā tā shì dú shēng zǐ nǚ ma
11) 他／她是獨生子／女嗎？

tā tā yǒu gē ge ma yǒu jǐ ge
12) 他／她有哥哥嗎？有幾個？

你可以用

wǒ yǒu sān ge hǎo péng you
a) 我有三個好朋友。

yí ge péng you jiào xiǎo tiān
b) 一個朋友叫小天。

tā jīn nián shí suì
c) 他今年十歲。

tā de shēng rì shì shí yuè liù hào
d) 他的生日是十月六號。

tā zài zhōng guó chū shēng zài měi guó zhǎng dà
e) 他在中國出生，在美國長大。

tā bà ba mā ma dōu shì zhōng guó rén
f) 他爸爸、媽媽都是中國人。

tā bú shì dú shēng nǚ tā yǒu yí ge mèi mei
g) 她不是獨生女。她有一個妹妹。

tā méi yǒu gē ge dàn shì tā yǒu yí ge dì di
h) 他沒有哥哥，但是他有一個弟弟。

tā zhǎng de hěn gāo tā yǒu dà dà de yǎn jing
i) 他長得很高。他有大大的眼睛。

mǎ xiǎo xīng shì wǒ de tóng xué
馬小星是我的同學。

tā bà ba shì é luó sī rén　mā ma
他爸爸是俄羅斯人，媽媽

shì xīn jiā pō rén　tā shì dú shēng
是新加坡人。他是獨生

zǐ　tā zài měi guó chū shēng　dàn shì
子。他在美國出生，但是

zài dé guó zhǎng dà　tā men yì jiā rén
在德國長大。他們一家人

xiàn zài zhù zài zhōng guó
現在住在中國。

lǐ yīng yě shì wǒ de tóng xué
李英也是我的同學。

tā yí bàn shì xī bān yá rén　yí bàn
她一半是西班牙人，一半

shì rì běn rén　tā shì dú shēng nǚ
是日本人。她是獨生女。

tā zài yīng guó chū shēng　dàn shì zài fǎ
她在英國出生，但是在法

guó zhǎng dà　tā men yì jiā rén xiàn zài zhù zài zhōng guó
國長大。他們一家人現在住在中國。

wǒ men sān ge rén měi tiān dōu zài yì qǐ
我們三個人每天都在一起。

4 學偏旁部首

① 和
seedling

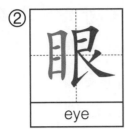
② 眼
eye

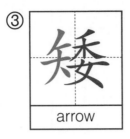
③ 矮
arrow

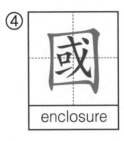
④ 國
enclosure

⑤ 得
two people

⑥ 瘦
sickness

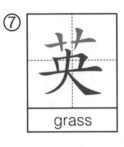
⑦ 英
grass

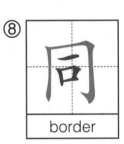
⑧ 同
border

5 說出國家的名字

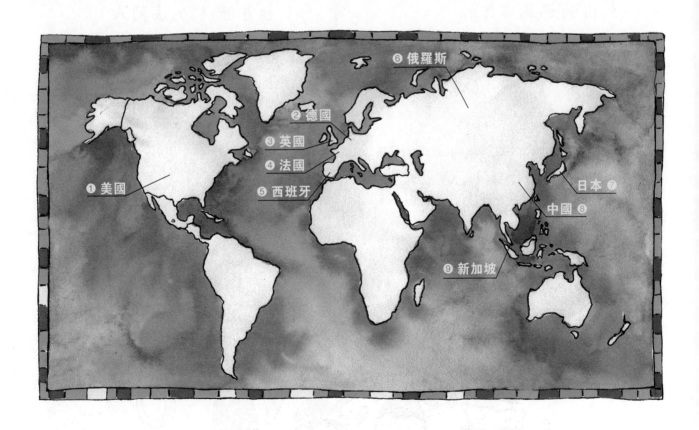

❻ 俄羅斯
❷ 德國
❸ 英國
❹ 法國
❶ 美國
❺ 西班牙
日本 ❼
中國 ❽
❾ 新加坡

① 她外公是 ___ ，外婆是 ___ 。
a) 美國人，法國人
b) 法國人，美國人
c) 英國人，法國人

② 她外公、外婆住在 ___ 。
a) 英國
b) 美國
c) 法國

③ 他爺爺是 ___ ，奶奶是 ___ 。
a) 西班牙人，德國人
b) 美國人，英國人
c) 德國人，西班牙人

④ 他 ___ 。
a) 爺爺工作
b) 奶奶工作
c) 爺爺、奶奶都工作

⑤ 王小美 ___ 。
a) 今年十二歲
b) 的媽媽不工作
c) 不住在北京

⑥ 她一半是 ___ ，一半是 ___ 。
a) 俄羅斯人，英國人
b) 中國人，法國人
c) 中國人，俄羅斯人

7 讀一讀

Follow the examples below and make your own verses.

1)
yī èr sān sì wǔ liù qī
一二三四五六七，
wǒ de péng you zài nǎ li
我的朋友在哪裏？
zài zhōng guó　　zài yīng guó
在中國、在英國，
wǒ de péng you zài měi guó
我的朋友在美國。

2)
yī èr sān sì wǔ liù qī
一二三四五六七，
wǒ de péng you zài nǎ li
我的朋友在哪裏？
zài rì běn　　zài dé guó
在日本、在德國，
wǒ de péng you zài fǎ guó
我的朋友在法國。

8 口頭報告

Introduce your family members including your grandparents and your friends.

例子：

我叫李大朋。我爸爸是美國
人，媽媽是中國人。我們一家人現
在住在中國。

我家有四口人：爸爸、媽媽、
妹妹和我。我今年十二歲，是中學
生。我妹妹今年五歲，還沒上學。

他們是我爺爺、奶奶。我爺爺
是美國人，奶奶是英國人。他們現
在住在德國。

他們是我外公、外婆。我外公
是中國人，外婆是新加坡人。他們
現在住在法國。

這是我的好朋友。他叫大同。
他是英國人。他在俄羅斯出生，但
是在英國長大。

第八課　我會說漢語

生詞 1 47

① lǎo
老 a prefix

② shī
師（师）teacher　lǎo shī 老師 teacher

③ huì
會（会）can

④ shuō
説（说）speak

⑤ yǔ
語 language

⑥ yán
言 speech　yǔ yán 語言 language　nǐ zài jiā shuō shén me yǔ yán 你在家説什麽語言？

⑦ wài
外 foreign　wài yǔ 外語 foreign language　nǐ huì shuō shén me wài yǔ 你會説什麽外語？

⑧ hàn
漢（汉）Han Nationality　hàn yǔ 漢語 Chinese (language)

wǒ zài jiā shuō hàn yǔ
我在家説漢語。
▲ • •

> **Grammar:** a) Sentence Pattern: Subject + Place Word + Verb + Object
> b) Place word can also be put in front of the subject, for example, 在家我説漢語 .

⑨ yīng yǔ
英語 English (language)

⑩ fǎ yǔ
法語 French (language)

⑪ dé yǔ
德語 German (language)

⑫ é yǔ
俄語 Russian (language)

⑬ rì yǔ
日語 Japanese (language)

⑭ xī bān yá yǔ
西班牙語 Spanish (language)

⑮ gēn
跟 with　wǒ gēn bà ba shuō yīng yǔ 我跟爸爸説英語。
▲ •

> **Grammar:** Sentence Pattern: Subject + 跟 + Someone + Verb + Object

⑯ yì diǎnr
（一）點兒 a bit; a little; some

wǒ huì shuō yì diǎnr xī bān yá yǔ
我會説一點兒西班牙語。
▲ • • •

> **Grammar:** "（一）點兒" can be put before a noun.

你會説什麽語言？

我會説英語和漢語。

1 模仿例子，看圖説話

爸爸：英國人（英語）
媽媽：中國人（漢語）
她會說英語、漢語、一點兒日語

例子：

tā shì dú shēng nǚ tā bà ba shì yīng guó
她是獨生女。她爸爸是英國

rén tā zài jiā gēn bà ba shuō yīng yǔ tā mā ma
人。她在家跟爸爸説英語。她媽媽

shì zhōng guó rén tā zài jiā gēn mā ma shuō hàn yǔ
是中國人。她在家跟媽媽説漢語。

tā hái huì shuō yì diǎnr rì yǔ
她還會説一點兒日語。

①

爸爸：法國人（法語）
媽媽：西班牙人（西班牙語）
他會說法語、西班牙語、一點兒漢語

②

爸爸：德國人（德語）
媽媽：日本人（日語）
她會說德語、日語、一點兒法語

③

爸爸：英國人（英語）
媽媽：法國人（法語）
他會說英語、法語、一點兒德語

gāo lǎo shī　　nín hǎo
高老師，您好！

nǐ hǎo　　　nǐ jiào shén me míng zi
你好！你叫什麼名字？

wǒ jiào tián hé
我叫田和。

nǐ shì nǎ guó rén
你是哪國人？

wǒ bà ba shì yīng guó rén　　mā ma shì zhōng guó rén
我爸爸是英國人，媽媽是中國人。

nǐ zài jiā shuō shén me yǔ yán
你在家說什麼語言？

wǒ zài jiā gēn bà ba shuō yīng yǔ
我在家跟爸爸說英語，
gēn mā ma shuō hàn yǔ
跟媽媽說漢語。

nǐ yé ye　　nǎi nai huì shuō shén me wài yǔ
你爺爺、奶奶會說什麼外語？

wǒ yé ye huì shuō dé yǔ hé é yǔ
我爺爺會說德語和俄語。
wǒ nǎi nai yě huì shuō dé yǔ　　tā hái
我奶奶也會說德語。她還
huì shuō yì diǎnr rì yǔ
會說一點兒日語。

nǐ huì shuō shén me wài yǔ
你會說什麼外語？

wǒ huì shuō fǎ yǔ hé yì
我會說法語和一
diǎnr xī bān yá yǔ
點兒西班牙語。

2 口頭報告

Talk about yourself, your grandparents and some of your friends. You should also talk about the language(s) they speak.

例子：

wǒ jiào yuán yuan wǒ bà ba shì měi guó rén
我叫圓圓。我爸爸是美國人，

mā ma shì zhōng guó rén wǒ zài jiā gēn bà ba shuō yīng
媽媽是中國人。我在家跟爸爸說英

yǔ gēn mā ma shuō hàn yǔ wǒ yǒu yí ge dì di
語，跟媽媽說漢語。我有一個弟弟。

tā yě huì shuō yīng yǔ hé yì diǎnr hàn yǔ wǒ men yì
他也會說英語和一點兒漢語。我們一

jiā rén xiàn zài zhù zài zhōng guó
家人現在住在中國。

wǒ yé ye nǎi nai zhù zài měi guó wǒ gēn tā
我爺爺、奶奶住在美國。我跟他

men shuō yīng yǔ wǒ wài gōng wài pó zhù zài xīn jiā
們說英語。我外公、外婆住在新加

pō wǒ gēn tā men shuō hàn yǔ
坡。我跟他們說漢語。

wǒ yǒu yí ge hǎo péng you tā jiào gāo péng tā
我有一個好朋友。他叫高朋。他

shì dú shēng zǐ wǒ gēn tā shuō yīng yǔ
是獨生子。我跟他說英語。

弟弟

圓圓

你可以用

wǒ yí bàn shì yīng guó rén yí bàn shì
a) 我一半是英國人，一半是
xī bān yá rén
西班牙人。

wǒ huì shuō yīng yǔ hé yì diǎnr hàn yǔ
b) 我會說英語和一點兒漢語。

wǒ bú huì shuō dé yǔ dàn shì wǒ huì
c) 我不會說德語，但是我會
shuō yì diǎnr fǎ yǔ
說一點兒法語。

wǒ zài jiā gēn bà ba shuō yīng yǔ gēn
d) 我在家跟爸爸說英語，跟
mā ma shuō é yǔ
媽媽說俄語。

wǒ zài měi guó chū shēng dàn shì zài zhōng
e) 我在美國出生，但是在中
guó zhǎng dà
國長大。

一起讀！ 49

wài yǔ wài yǔ xué wài yǔ
外語、外語，學外語，
hàn yǔ yīng yǔ hé fǎ yǔ
漢語、英語和法語。
wài yǔ wài yǔ xué wài yǔ
外語、外語，學外語，
é yǔ rì yǔ hé dé yǔ
俄語、日語和德語。

① 工 work　gōng

② 作 do　工作 work　zuò gōng zuò　我爸爸工作。wǒ bà ba gōng zuò

③ 忙 busy　máng　他每天都很忙。tā měi tiān dōu hěn máng

④ 班 shift　bān　上班 go to work　shàng bān　他早上九點上班。tā zǎo shang jiǔ diǎn shàng bān

⑤ 下 finish (an activity)　xià　下班 get off work　xià bān

⑥ 經（经）constant　jīng　**⑦** 常 often　cháng　經常 often　jīng cháng

⑧ 差 send on an errand　chāi　出差 go on a business trip　chū chāi　他還經常出差。tā hái jīng cháng chū chāi

⑨ 庭 hall; front courtyard　tíng　家庭 family　jiā tíng

⑩ 主 host　zhǔ　**⑪** 婦（妇）woman　fù　主婦 housewife　zhǔ fù　家庭主婦 housewife　jiā tíng zhǔ fù

⑫ 北京 Beijing　běi jīng　我們一家人現在住在北京。wǒ men yì jiā rén xiàn zài zhù zài běi jīng

⑬ 上海 Shanghai　shàng hǎi

⑭ 去 go　qù　他還經常去上海出差。tā hái jīng cháng qù shàng hǎi chū chāi

Grammar: a) Sentence Pattern: Subject + Verb Phrase$_1$ (去 + Place) + Verb Phrase$_2$
b) Verb phrase$_2$ serves as the main purpose of the action.

我爸爸是英語老師，我媽媽是家庭主婦。

3 完成對話

A: tā jiào shén me míng zi　　tā duō dà le
她叫什麼名字？她多大了？

B: _____

A: tā de shēng rì shì jǐ yuè jǐ hào
她的生日是幾月幾號？

B: _____

A: tā jīn nián shàng jǐ nián jí
她今年上幾年級？

B: _____

A: tā huì shuō shén me yǔ yán
她會說什麼語言？

B: _____

A: tā jiā yǒu jǐ kǒu rén　　tā jiā yǒu shéi
她家有幾口人？她家有誰？

B: _____

A: tā men yì jiā rén xiàn zài zhù zài nǎr
他們一家人現在住在哪兒？

B: _____

A: tā bà ba　　mā ma dōu gōng zuò ma
她爸爸、媽媽都工作嗎？

B: _____

A: tā bà ba gōng zuò máng ma
她爸爸工作忙嗎？

B: _____

A: tā bà ba měi tiān jǐ diǎn shàng bān　　jǐ diǎn xià bān
她爸爸每天幾點上班？幾點下班？

B: _____

A: tā bà ba jīng cháng chū chāi ma
她爸爸經常出差嗎？

B: _____

姓名：謝小天	年級：八年級
年齡：十二歲	生日：3 月 10 日
語言：法語、英語、一點兒漢語	
家庭：四口人（爸爸、媽媽、弟弟、她） 　　　一家人住在法國	
爸爸：法國人，説法語和英語 　　　工作很忙，經常去英國出差 　　　上班：9:00　下班：19:00	
媽媽：英國人，説英語和法語 　　　不工作，是家庭主婦	

一起讀！ 🎧51

bà ba shàng bān　　xià bān máng
爸爸上班、下班忙，
hái qù běi jīng　　qù shàng hǎi
還去北京，去上海。
mā ma shì ge jiā tíng zhǔ fù
媽媽是個家庭主婦，
tā bù gōng zuò　　bù chū chāi
她不工作，不出差。

我叫祝星天。我家有六口人：爸爸、媽媽、哥哥、姐姐、妹妹和我。我妹妹是小學生。哥哥、姐姐和我都是中學生。我們一家人現在住在北京。

我爸爸工作。他每天都很忙。他早上九點上班，晚上七點下班。他還經常去上海出差。

我媽媽不工作，是家庭主婦。她每天也很忙。

4 聽錄音，選擇正確答案 🎧 53

① 王老師 ___ 。
　　a) 是上海人
　　b) 長得高高的
　　c) 有長長的頭髮

② 她常常跟王老師說 ___ 。
　　a) 法語
　　b) 漢語
　　c) 英語

③ 他 ___ 。
　　a) 爸爸工作
　　b) 媽媽工作
　　c) 媽媽是老師

④ 他爸爸 ___ 。
　　a) 不是老師
　　b) 不常出差
　　c) 工作不忙

⑤ 他爸爸跟媽媽 ___ 。
　　a) 說漢語
　　b) 說英語
　　c) 說俄語

⑥ 他跟弟弟、妹妹 ___ 。
　　a) 說英語
　　b) 說漢語
　　c) 說法語

5 模仿例子，用所給結構完成句子

bú huì　　　　dàn shì	yì diǎnr	hàn yǔ　yīng yǔ　dé yǔ　fǎ yǔ
不會……，但是……	一點兒	漢語　英語　德語　法語
		é yǔ　rì yǔ　xī bān yá yǔ
		俄語　日語　西班牙語

　　　　　wǒ bú huì shuō hàn yǔ　　dàn shì wǒ huì shuō yì diǎnr yīng yǔ
例子：我不會說漢語，但是我會說一點兒英語。

　　bà ba bú huì shuō　　　　　　　　　　dàn shì tā huì shuō yì diǎnr
1) 爸爸不會說 _____，但是他會說一點兒 _____ 。

　　mā ma　　　　　　　　　　　　　dàn shì
2) 媽媽 _____，但是 _____ 。

　　yé ye　　　　　　　　　　　　　dàn shì
3) 爺爺 _____，但是 _____ 。

　　nǎi nai　　　　　　　　　　　　dàn shì
4) 奶奶 _____，但是 _____ 。

　　wài gōng
5) 外公 _____，_____ 。

　　wài pó
6) 外婆 _____，_____ 。

6 學偏旁部首

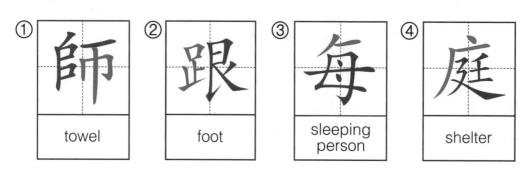

① 師 towel
② 跟 foot
③ 每 sleeping person
④ 庭 shelter

⑤ 校 wood
⑥ 起 walk
⑦ 獨 animal
⑧ 去 soil

7 活動

你在家說英語嗎？	你爺爺住在法國嗎？	你爸爸工作忙嗎？	你媽媽是家庭主婦嗎？
你的好朋友是美國人嗎？	你有弟弟嗎？	你經常去中國嗎？	你爸爸經常出差嗎？
你媽媽工作嗎？	你外公是中國人嗎？	你妹妹會說漢語嗎？	你外婆會說英語嗎？
你奶奶住在中國嗎？	你媽媽工作忙嗎？	你跟媽媽說漢語嗎？	你爸爸長得高嗎？

這樣做

- 問同學問題。每個同學只能被問一次。
- 給得到肯定答案的問題塗上顏色。
- 肯定答案先連成一條直線的學生勝出。

8 讀一讀，猜一猜

zhōng guó rén shuō hàn yǔ
1) 中國人說漢語。

yīng guó rén hé měi guó rén shuō yīng yǔ
2) 英國人和美國人說英語。

xīn jiā pō rén shuō yīng yǔ hé hàn yǔ
3) 新加坡人說英語和漢語。

fǎ guó rén shuō fǎ yǔ
4) 法國人說法語。

dé guó rén shuō dé yǔ
5) 德國人說德語。

jiā ná dà rén shuō yīng yǔ hé fǎ yǔ
6) 加拿大人說英語和法語。

yìn dù ní xī yà rén shuō yìn ní yǔ
7) 印度尼西亞人說印尼語。

hán guó rén shuō hán yǔ
8) 韓國人說韓語。

é luó sī rén shuō é yǔ
9) 俄羅斯人說俄語。

mǎ lái xī yà rén shuō mǎ lái yǔ
10) 馬來西亞人說馬來語。

ào dà lì yà rén shuō yīng yǔ
11) 澳大利亞人說英語。

tài guó rén shuō tài yǔ
12) 泰國人說泰語。

xī bān yá rén shuō xī bān yá yǔ
13) 西班牙人說西班牙語。

rì běn rén shuō rì yǔ
14) 日本人說日語。

9 口頭報告

Introduce one of your grandparents.

例子：

wǒ nǎi nai jiào xiè tiān yuán   tā shì zhōng guó
我奶奶叫謝天圓。她是中國

rén   tā yī jiǔ wǔ sì nián sān yuè yī rì chū shēng
人。她一九五四年三月一日出生。

tā zài shàng hǎi chū shēng   zài běi jīng zhǎng dà
她在上海出生，在北京長大。

tā zhǎng de gāo gāo de   shòu shòu de   tā
她長得高高的、瘦瘦的。她

de yǎn jing dà dà de   bí zi gāo gāo de   zuǐ ba
的眼睛大大的、鼻子高高的、嘴巴

dà dà de   tā shì jiā tíng zhǔ fù   bù gōng zuò
大大的。她是家庭主婦，不工作。

tā huì shuō hàn yǔ hé yì diǎnr yīng yǔ
她會說漢語和一點兒英語。

第九課　我爸爸是醫生

生詞 1 54

① 做 zuò do　你爸爸做什麼工作？
nǐ bà ba zuò shén me gōng zuò

② 醫（医）yī doctor (of medicine)　醫生 yī shēng doctor　他是醫生。 tā shì yī shēng

③ 院 yuàn a public place　醫院 yī yuàn hospital　他在一家醫院工作。 tā zài yī jiā yī yuàn gōng zuò

④ 商 shāng business　商人 shāng rén businessman　他是商人。 tā shì shāng rén

⑤ 公 gōng public　**⑥** 司 sī operate; manage　公司 gōng sī company　他在一家德國公司工作。 tā zài yī jiā dé guó gōng sī gōng zuò

⑦ 律 lù law　**⑧** 師 shī someone having a specialized knowledge or skill

律師 lù shī lawyer　她是律師。 tā shì lù shī

⑨ 校 xiào school　學校 xué xiào school

⑩ 所 suǒ a measure word (used for a school or a hospital)

⑪ 教 jiāo teach　她在一所學校教英語。 tā zài yī suǒ xué xiào jiāo yīng yǔ

⑫ 你爸爸工作忙嗎？ nǐ bà ba gōng zuò máng ma

▲

> **Grammar:** Sentence Pattern: Subject + (Noun + Adjective)

⑬ 她工作忙不忙？ tā gōng zuò máng bu máng

▲

> **Grammar:** Sentence Pattern: Subject + Adjective + 不 + Adjective
> Subject + Verb + 不 / 沒 + Verb (+ Object)

1 模仿例子，完成對話

例子：

tā zhǎng de pàng bu pàng
A: 她長得胖不胖？

tā zhǎng de bú pàng
B: 她長得不胖。

①

英國人

tā shì bu shì yīng guó rén
A: 他是不是英國人？

B: ＿＿＿＿＿＿＿＿

②

tā huì bu huì shuō hàn yǔ
A: 她會不會說漢語？

B: ＿＿＿＿＿＿＿＿

③

A: ＿＿＿＿＿＿＿＿

tā gōng zuò hěn máng
B: 她工作很忙。

④

A: ＿＿＿＿＿＿＿＿

tā de tóu fa bù cháng
B: 她的頭髮不長。

⑤

tā yǒu méi yǒu xiōng dì jiě mèi
A: 他有沒有兄弟姐妹？

B: ＿＿＿＿＿＿＿＿

⑥

A: ＿＿＿＿＿＿＿＿

tā bú shì dú shēng nǚ
B: 她不是獨生女。

nǐ bà ba zuò shén me gōng zuò
你爸爸做什麼工作？

tā shì yī shēng
他是醫生。

tā zài nǎr gōng zuò
他在哪兒工作？

tā zài yì jiā yī yuàn gōng zuò
他在一家醫院工作。

nǐ mā ma gōng zuò ma
你媽媽工作嗎？

tā yě gōng zuò　　tā shì lǎo shī　　zài yì suǒ xué xiào jiāo
她也工作。她是老師，在一所學校教
yīng yǔ　　nǐ bà ba zuò shén me gōng zuò
英語。你爸爸做什麼工作？

tā shì shāng rén　　zài yì jiā dé guó gōng sī gōng zuò
他是商人，在一家德國公司工作。

nǐ bà ba gōng zuò máng ma
你爸爸工作忙嗎？

tā gōng zuò hěn máng　　tā hái jīng cháng
他工作很忙。他還經常
qù běi jīng　　shàng hǎi chū chāi
去北京、上海出差。

nǐ mā ma zuò shén me gōng zuò
你媽媽做什麼工作？

tā shì lǜ shī
她是律師。

tā gōng zuò máng bu máng
她工作忙不忙？

tā gōng zuò yě hěn máng
她工作也很忙。

2 口頭報告

Talk about yourself and your family members.

例子：

我叫同同。我今年十五歲，上十年級。我爸爸是中國人，媽媽是西班牙人。

我爸爸、媽媽都工作。我爸爸是商人，在一家中國公司工作。他每天早上九點上班，晚上七點下班。我媽媽是老師，在一所中學教西班牙語。她每天早上七點上班，晚上五點下班。

在家，我一般跟爸爸說漢語，跟媽媽說西班牙語。在學校，我跟同學說英語。

<table>
<tr><td>你可以用</td></tr>
</table>

你可以用

a) 司機 sī jī driver
b) 歌手 gē shǒu singer
c) 建築師 jiàn zhù shī architect
d) 護士 hù shi nurse
e) 警察 jǐng chá police
f) 機師 jī shī pilot
g) 銀行家 yín háng jiā banker
h) 會計師 huì jì shī accountant
i) 演員 yǎn yuán actor
j) 工程師 gōng chéng shī engineer

一起讀！

工作、工作，什麼工作？
醫生、老師、商人、律師。
工作、工作，在哪兒工作？
醫院、學校、公司、律師行。

律師行：law firm

① 銀（银）^{yín} related to money　② 行 ^{háng} firm　銀行 ^{yín háng} bank

我爸爸在一家美國銀行 工作。
^{wǒ bà ba zài yì jiā měi guó yín háng gōng zuò}

律師行 ^{lù shī háng} law firm　我媽媽在一家英國律師行 工作。
^{wǒ mā ma zài yì jiā yīng guó lù shī háng gōng zuò}

③ 家 ^{jiā} expert　銀行家 ^{yín háng jiā} banker　我爸爸是銀行家。
^{wǒ bà ba shì yín háng jiā}

④ 秘 ^{mì} secret　⑤ 書（书）^{shū} document　秘書 ^{mì shū} secretary　我媽媽是秘書。
^{wǒ mā ma shì mì shū}

⑥ 經（经）^{jīng} manage

⑦ 理 ^{lǐ} manage　經理 ^{jīng lǐ} manager　我哥哥是經理。
^{wǒ gē ge shì jīng lǐ}

⑧ 酒 ^{jiǔ} alcohol

⑨ 店 ^{diàn} shop; store　酒店 ^{jiǔ diàn} hotel; restaurant

我哥哥在一家酒店 工作。
^{wǒ gē ge zài yì jiā jiǔ diàn gōng zuò}

⑩ 飯 ^{fàn} meal　飯店 ^{fàn diàn} restaurant　我姐姐在一家飯店 工作。
^{wǒ jiě jie zài yì jiā fàn diàn gōng zuò}

⑪ 服 ^{fú} serve　⑫ 務（务）^{wù} be engaged in　服務 ^{fú wù} service

⑬ 員（员）^{yuán} person engaged in a certain field of activity

服務員 ^{fú wù yuán} waiter; waitress　我姐姐是服務員。
^{wǒ jiě jie shì fú wù yuán}

3 完成對話

A: cháng lè de bà ba zuò shén me gōng zuò tā zài
常樂的爸爸做什麼工作？他在

nǎr gōng zuò tā jīng cháng qù nǎr chū chāi
哪兒工作？他經常去哪兒出差？

B: _____

A: tā bà ba zǎo shang jǐ diǎn shàng bān wǎn shang
他爸爸早上幾點上班？晚上

jǐ diǎn xià bān
幾點下班？

B: _____

A: tā mā ma zuò shén me gōng zuò tā zài nǎr
他媽媽做什麼工作？她在哪兒

gōng zuò
工作？

B: _____

A: cháng lè zài jiā gēn bà ba shuō shén me yǔ yán
常樂在家跟爸爸說什麼語言？

B: _____

A: tā zài jiā gēn mā ma shuō shén me yǔ yán
他在家跟媽媽說什麼語言？

B: _____

A: tā gēn tóng xué shuō shén me yǔ yán
他跟同學說什麼語言？

B: _____

A: tā zài xué xiào xué shén me yǔ yán
他在學校學什麼語言？

B: _____

姓名：常樂
爸爸：經理，在一家酒店工作 　　　經常去英國、德國和法國出差 　　　上班：9:00　下班：19:00
媽媽：律師，在一家美國律師行工作 　　　上班：8:30　下班：19:00
語言：跟爸爸說英語 　　　跟媽媽說英語和日語 　　　跟同學說英語 　　　在學校學英語和漢語

我叫王朋朋。我是中國人。我今年十二歲，上八年級。我家有五口人：爸爸、媽媽、哥哥、姐姐和我。

我爸爸、媽媽、哥哥和姐姐都工作。我爸爸是銀行家，在一家美國銀行工作。他不常出差。我媽媽是秘書，在一家英國律師行工作。我哥哥是經理，在一家酒店工作。我姐姐是服務員，在一家飯店工作。

4 學偏旁部首

①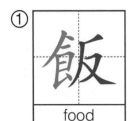
food

②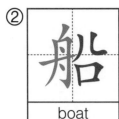
boat

③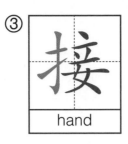
hand

④
bamboo

⑤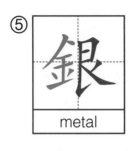
metal

⑥
writing

⑦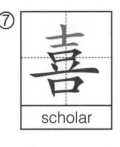
scholar

⑧
again

5 活動

這樣做

• 兩人一組。
• 同學 1 說出一個職業，
  同學 2 要說出一句話。
• 例子：
  A: 醫生。
  B: 醫生在醫院工作。

你可以用

yī shēng zài yī yuàn gōng zuò
a) 醫生在醫院工作。

shāng rén zài gōng sī gōng zuò
b) 商人在公司工作。

lǎo shī zài xué xiào gōng zuò
c) 老師在學校工作。

mì shū zài gōng sī gōng zuò
d) 秘書在公司工作。

lù shī zài lù shī háng gōng zuò
e) 律師在律師行工作。

yín háng jiā zài yín háng gōng zuò
f) 銀行家在銀行工作。

jīng lǐ zài jiǔ diàn gōng zuò
g) 經理在酒店工作。

fú wù yuán zài fàn diàn gōng zuò
h) 服務員在飯店工作。

jiā tíng zhǔ fù zài jiā li gōng zuò
i) 家庭主婦在家裏"工作"。

nǐ bà ba zuò shén me gōng zuò
1) 你爸爸做什麼工作？

服務員	經理	商人	秘書	老師	律師
一	正			一	下

nǐ bà ba huì shuō shén me yǔ yán
2) 你爸爸會説什麼語言？

漢語	英語	法語	德語	西班牙語	俄語
正	正正	丁	一	下	

nǐ bà ba cháng cháng chū chāi ma
3) 你爸爸常常出差嗎？

常常	不常	不出差
正一	丁	丁

nǐ bà ba jīng cháng qù nǎr chū chāi
4) 你爸爸經常去哪兒出差？

中國	英國	法國	美國	日本	新加坡
下	丁	丁	一		

nǐ bà ba gōng zuò máng bu máng
5) 你爸爸工作忙不忙？

忙	不忙
正正	

例子：

wǔ ge bà ba shì jīng lǐ shí ge bà ba dōu huì shuō
五個爸爸是經理。十個爸爸都會説
yīng yǔ liù ge bà ba cháng cháng chū chāi sān ge bà ba jīng
英語。六個爸爸常常出差。三個爸爸經
cháng qù zhōng guó chū chāi shí ge bà ba gōng zuò dōu hěn máng
常去中國出差。十個爸爸工作都很忙。

7 聽錄音，選擇正確答案 🎧 59

① 她爸爸是 ___ 。
a) 老師
b) 律師
c) 醫生

② 她爸爸在一家 ___ 律師行工作。
a) 英國
b) 美國
c) 中國

③ 她爸爸常常去 ___ 出差。
a) 中國
b) 德國
c) 法國

④ 他在一所 ___ 學校上學。
a) 日本
b) 德國
c) 英國

⑤ 他在學校學 ___ 。
a) 漢語
b) 法語
c) 西班牙語

⑥ 他們一家人每年都去 ___ 。
a) 西班牙
b) 中國
c) 新加坡

8 口頭報告

Introduce one of your teachers.

例子：

zhù lǎo shī shì wǒ de hàn yǔ lǎo shī   tā shì
祝老師是我的漢語老師。她是

zhōng guó rén   tā huì shuō hàn yǔ hé yīng yǔ   tā hái
中國人。她會說漢語和英語。她還

huì shuō yì diǎnr rì yǔ   zhù lǎo shī zhǎng de gāo gāo
會說一點兒日語。祝老師長得高高

de   tā bú pàng yě bú shòu   tā yǎn jīng xiǎo xiǎo de   bí zi xiǎo xiǎo de
的。她不胖也不瘦。她眼睛小小的、鼻子小小的、

zuǐ ba yě xiǎo xiǎo de   tā tóu fa chángcháng de
嘴巴也小小的。她頭髮長長的。

zhù lǎo shī jiā yǒu sì kǒu rén   tā zhàng fu yě shì zhōng guó rén   zài yì
祝老師家有四口人。她丈夫也是中國人，在一

jiā dé guó gōng sī gōng zuò   tā yǒu yí ge nǚ ér   shàng bā nián jí   tā hái
家德國公司工作。她有一個女兒，上八年級。她還

yǒu yí ge ér zi   tā ér zi hái méi shàng xué
有一個兒子。她兒子還沒上學。

你可以用

zhàng fu
a) 丈夫 husband

qī zi
b) 妻子 wife

ér zi
c) 兒子 son

nǚ ér
d) 女兒 daughter

第十課　我坐校車上學

生詞 1 🎧60

zuò
① 坐 travel by (bus, train, plane, etc.)

chē　　　　　　　　　xiào chē　　　　　　wǒ zuò xiào chē shàng xué
② 車（车）vehicle　　校車 school bus　　我坐校車上學。
　　　　　　　　　　　　　　　　　　　　▲ • • • • •

> **Grammar:** a) Sentence Pattern: Subject + Verb Phrase₁ + Verb Phrase₂
> b) Verb phrase₁ serves as a method.

diàn　　　　　　　　　　diàn chē　　　　tā měi tiān dōu zuò diàn chē shàng xué
③ 電（电）electricity　　電車 tram　　他每天都坐電車上學。

gòng　　　　　　　　gōng gòng
④ 共 common　　公共 public

qì　　　　　　　　　qì chē
⑤ 汽 gas; steam　　汽車 motor car

gōng gòng qì chē　　　　　　tā měi tiān dōu zuò gōng gòng qì chē shàng xué
公共汽車 public bus　　她每天都坐公共汽車上學。

zū　　　　　chū zū　　　　　chū zū chē　　　　tā měi tiān dōu zuò chū zū chē shàng bān
⑥ 租 rent　　出租 rent out　　出租車 taxi　　她每天都坐出租車上班。

dì　　　　　　　　　　　tiě　　　　　　dì tiě　　　　tā měi tiān dōu zuò dì tiě shàng bān
⑦ 地 land; ground　⑧ 鐵（铁）iron　　地鐵 subway　　他每天都坐地鐵上班。

zǒu　　　　　　lù　　　　　　zǒu lù　　　　tā měi tiān dōu zǒu lù shàng xué
⑨ 走 walk　⑩ 路 road; street　　走路 walk　　她每天都走路上學。

zěn me　　　　　　nǐ měi tiān zěn me shàng xué
⑪ 怎麼 how　　你每天怎麼上學？

90

1 模仿例子，用所給結構完成句子

zuò xiào chē	zuò diàn chē	zuò gōng gòng qì chē
坐校車	坐電車	坐公共汽車
zuò dì tiě	zǒu lù	zuò chū zū chē
坐地鐵	走路	坐出租車

shàng xué
上學

shàng bān
上班

gē ge měi tiān dōu zuò gōng gòng qì chē shàng xué
例子：哥哥每天都坐公共汽車上學。

bà ba měi tiān dōu
1) 爸爸每天都 ＿＿＿＿＿＿＿＿＿＿＿＿＿＿＿ 。

mā ma
2) 媽媽 ＿＿＿＿＿＿＿＿＿＿＿＿＿＿＿ 。

jiě jie
3) 姐姐 ＿＿＿＿＿＿＿＿＿＿＿＿＿＿＿ 。

mèi mei
4) 妹妹 ＿＿＿＿＿＿＿＿＿＿＿＿＿＿＿ 。

dì di
5) 弟弟 ＿＿＿＿＿＿＿＿＿＿＿＿＿＿＿ 。

yé ye
6) 爺爺 ＿＿＿＿＿＿＿＿＿＿＿＿＿＿＿ 。

wǒ
7) 我 ＿＿＿＿＿＿＿＿＿＿＿＿＿＿＿ 。

wǒ de hǎo péng you
8) 我的好朋友 ＿＿＿＿＿＿＿＿＿＿＿ 。

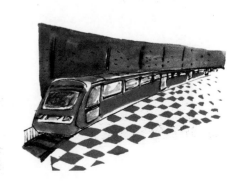

nǐ bà ba měi tiān zěn me shàng bān
你爸爸每天怎麼上班？

tā měi tiān dōu zuò dì tiě shàng bān
他每天都坐地鐵上班。

nǐ mā ma ne
你媽媽呢？

tā měi tiān dōu zuò chū zū chē shàng bān
她每天都坐出租車上班。

nǐ jiě jie měi tiān zěn me shàng xué
你姐姐每天怎麼上學？

tā měi tiān dōu zuò gōng gòng qì chē shàng xué
她每天都坐公共汽車上學。

nǐ gē ge měi tiān zěn me shàng xué
你哥哥每天怎麼上學？

tā měi tiān dōu zuò diàn chē shàng xué
他每天都坐電車上學。

nǐ mèi mei měi tiān zěn me shàng xué
你妹妹每天怎麼上學？

tā měi tiān dōu zǒu lù shàng xué
她每天都走路上學。

nǐ měi tiān zěn me shàng xué
你每天怎麼上學？

wǒ měi tiān dōu zuò xiào chē shàng xué
我每天都坐校車上學。

2 模仿例子，看圖説話

李同的爸爸
德國人
商人
公司
出租車

例子：

lǐ tóng de bà ba shì dé guó rén　　tā shì
李同的爸爸是德國人。他是

shāng rén　　zài yì jiā gōng sī gōng zuò　　tā měi tiān
商人，在一家公司工作。他每天

dōu zuò chū zū chē shàng bān
都坐出租車上班。

① 田生的媽媽
新加坡人
律師
銀行
公共汽車

② 王友友
中國人
中學生
走路

③ 王英的姐姐
中國人
醫生
醫院
公共汽車

一起讀！ 🎧62

nǐ zěn me shàng xué　　zěn me shàng xué
你怎麼上學？怎麼上學？

wǒ zuò xiào chē　　dì tiě　　diàn chē
我坐校車、地鐵、電車，

wǒ zuò chū zū chē
我坐出租車。

bà ba zěn me shàng bān　　zěn me shàng bān
爸爸怎麼上班？怎麼上班？

tā kāi chē　　tā zǒu lù
他開車，他走路，

tā zuò gōng gòng qì chē
他坐公共汽車。

❶ 香港 Hong Kong　　**❷** 廣（广）州 Guangzhou

❸ 開（开）drive　開車 drive　他每天都開車上班。

❹ 火 fire　火車 train　他坐火車去廣州。

❺ 飛（飞）fly　　**❻** 機（机）machine　飛機 plane　她坐飛機去香港。

❼ 船 boat　她每天早上都坐七點的船上班。

❽ 先 first

❾ 後（后）after　然後 then　先……，然後…… first..., then...

她每天早上先坐七點的船，然後坐公共汽車上班。

❿ 一般 usually　她一般坐飛機去香港。

媽媽先坐船，然後坐地鐵上班。

爸爸開車上班。

3 模仿例子，編對話

坐飛機　大連
八月十二日　20:50

① 坐火車　北京
十一月十日　10:15

② 坐船　上海
四月五日　14:05

例子：

wǒ men jǐ yuè qù dà lián
A: 我們幾月去大連？

bā yuè
B: 八月。

wǒ men jǐ hào qù
A: 我們幾號去？

shí èr hào
B: 十二號。

wǒ men zuò jǐ diǎn de fēi jī qù
A: 我們坐幾點的飛機去？

wǎn shang bā diǎn wǔ shí de fēi jī
B: 晚上八點五十的飛機。

一起讀！

zuò huǒ chē　　zuò lún chuán
坐火車、坐輪船，

wǒ cóng xiāng gǎng qù guǎng zhōu
我從香港去廣州。

zuò fēi jī　　zuò gāo tiě
坐飛機、坐高鐵，

wǒ cóng běi jīng qù shàng hǎi
我從北京去上海。

輪船：ship

高鐵：high speed train

zhè shì wǒ bà ba　　tā shì yī shēng　zài
這是我爸爸。他是醫生，在
yì jiā yī yuàn gōng zuò　　tā měi tiān dōu kāi chē shàng
一家醫院工作。他每天都開車上
bān　　tā gōng zuò hěn máng　　hái jīng cháng qù guǎng zhōu
班。他工作很忙，還經常去廣州
chū chāi　　tā yì bān zuò huǒ chē qù guǎng zhōu
出差。他一般坐火車去廣州。

zhè shì wǒ mā ma　　tā shì jiǔ diàn jīng
這是我媽媽。她是酒店經
lǐ　　tā měi tiān zǎo shang xiān zuò qī diǎn de chuán
理。她每天早上先坐七點的船，
rán hòu zuò gōng gòng qì chē shàng bān　　tā gōng zuò yě
然後坐公共汽車上班。她工作也
hěn máng　　cháng cháng qù xiāng gǎng chū chāi　　tā yì bān
很忙，常常去香港出差。她一般
zuò fēi jī qù xiāng gǎng
坐飛機去香港。

zhè shì wǒ　　wǒ shì zhōng xué shēng　　wǒ měi
這是我。我是中學生。我每
tiān dōu zuò xiào chē shàng xué
天都坐校車上學。

4 學偏旁部首

①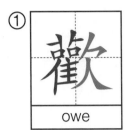
owe

②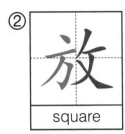
square

③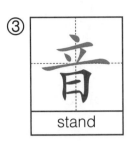
stand

④
page

⑤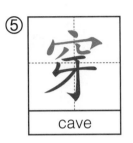
cave

⑥
clothes

⑦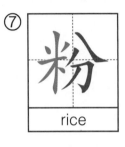
rice

⑧
stone

5 活動

坐校車

我每天都坐校車去學校。

這樣做

- 老師說出一種出行方式，學生要說出一句話。
- 此活動也可由兩個學生完成。

你可以用

bà ba 1) 爸爸	kāi chē a) 開車	xué xiào i) 學校
mā ma 2) 媽媽	zǒu lù b) 走路	gōng sī ii) 公司
gē ge 3) 哥哥	zuò chuán c) 坐船	yī yuàn iii) 醫院
dì di 4) 弟弟	zuò huǒ chē d) 坐火車	yín háng iv) 銀行
jiě jie 5) 姐姐	zuò fēi jī e) 坐飛機	fàn diàn v) 飯店
mèi mei 6) 妹妹	zuò xiào chē f) 坐校車	jiǔ diàn vi) 酒店
yé ye 7) 爺爺	zuò diàn chē g) 坐電車	dà xué vii) 大學
nǎi nai 8) 奶奶	zuò dì tiě h) 坐地鐵	lǜ shī háng viii) 律師行
wài gōng 9) 外公	zuò chū zū chē i) 坐出租車	běi jīng ix) 北京
wài pó 10) 外婆	zuò gōng gòng qì chē j) 坐公共汽車	shàng hǎi x) 上海

① 她 ___ 。
a) 爸爸媽媽都工作
b) 媽媽是商人
c) 爸爸在日本工作

② 她爸爸 ___ 上班。
a) 開車
b) 走路
c) 坐地鐵

③ 她媽媽 ___ 上班。
a) 先坐船，然後走路
b) 坐電車
c) 坐出租車

④ 他爸爸 ___ 。
a) 常常去日本
b) 不常出差
c) 經常去中國

⑤ 他媽媽 ___ 。
a) 是老師
b) 是酒店經理
c) 不常出差

⑥ 他媽媽 ___ 。
a) 工作不忙
b) 明天出差
c) 去英國了

7 用所給問題問十個同學，然後向全班匯報

nǐ mā ma zuò shén me gōng zuò
1) 你媽媽做什麼工作？

商人	醫生	老師	經理	律師	秘書	服務員	家庭主婦
一	丁	一		一			正

tā měi tiān zěn me shàng bān
2) 她每天怎麼上班？

走路	開車	坐船	坐電車	坐出租車	坐公共汽車	坐地鐵
一				丁	一	一

tā jīng cháng chū chāi ma
3) 她經常出差嗎？

經常	不常	不出差
丁	一	丁

例子：

wǔ ge mā ma shì jiā tíng zhǔ fù　liǎng ge mā ma měi tiān
五個媽媽是家庭主婦。兩個媽媽每天
dōu zuò chū zū chē shàng bān　yí ge mā ma bù cháng chū chāi
都坐出租車上班。一個媽媽不常出差。

8 口頭報告

Talk about each member of your family.

例子：

我叫王然。我
今年十三歲，上八年
級。我家有四口人：
爸爸、媽媽、弟弟和
我。我們一家人現在
住在上海。

王然

我爸爸是商人。他在一家日本公司工作。他工作很忙，經常去
美國和英國出差。我媽媽是老師。她在一所中學教漢語。她工作也
很忙，但是她不出差。我弟弟今年五歲。他還沒上學。

我爸爸每天都開車上班。我媽媽一般先坐船，然後坐出租車上
班。我每天都坐校車上學。

我爸爸會說漢語、英語和日語。我媽媽會說漢語和英語。我和弟
弟也會說漢語和英語。

第十一課　我家住在大理路

生詞 1 67

① dà lǐ lù 大理路 a street name　wǒ jiā zhù zài dà lǐ lù hào 我家住在大理路19號。

▲ ·····

> **Grammar:** In Chinese, the order of an address is from general to specific.

② dào 道 road　xīng yuè dào 星月道 a street name

③ shì 室 room　wǒ jiā zhù zài xīng yuè dào hào shì 我家住在星月道85號302室。

④ lái 來 come　nǐ jǐ diǎn lái wǒ jiā 你幾點來我家？

⑤ hǎo 好 OK (used to show approval, agreement, etc.)　xià wǔ sì diǎn hǎo ma 下午四點，好嗎？

⑥ huà 話（话）word; talk　diàn huà 電話 telephone

⑦ hào 號 ordinal number

⑧ mǎ 碼（码）number　hào mǎ 號碼 number　diàn huà hào mǎ 電話號碼 telephone number

wǒ jiā de diàn huà hào mǎ shì 我家的電話號碼是 27895643。

⑨ duō 多 many; much

⑩ shǎo 少 few; little　duō shao 多少 how many; how much

nǐ jiā de diàn huà hào mǎ shì duō shao 你家的電話號碼是多少？

⑪ ba 吧 a particle　hǎo ba 好吧。

▲ ·

> **Grammar:** "吧" can be put at the end of a sentence to show agreement or approval.

大理路 19 號。

1 模仿例子，編對話

1

你家住在哪兒？
nǐ jiā zhù zài nǎr

我家住在大理路 19 號 501 室。
wǒ jiā zhù zài dà lǐ lù hào shì

我幾點去你家？
wǒ jǐ diǎn qù nǐ jiā

你中午十二點來我家，好嗎？
nǐ zhōng wǔ shí èr diǎn lái wǒ jiā hǎo ma

好吧。
hǎo ba

2

你家住在哪兒？
nǐ jiā zhù zài nǎr

我家住在星月道 85 號 302 室。
wǒ jiā zhù zài xīng yuè dào hào shì

你家的電話號碼是多少？
nǐ jiā de diàn huà hào mǎ shì duō shao

27895643。你幾點來我家？
nǐ jǐ diǎn lái wǒ jiā

下午四點，好嗎？
xià wǔ sì diǎn hǎo ma

好吧。
hǎo ba

2 模仿例子，編對話

時間：明天　下午四點

住址：北京道 216 號 103 室

電話號碼：25543001

① 時間：星期六　上午十點

住址：田中路 76 號 501 室

電話號碼：62350187

② 時間：星期日　晚上五點

住址：上水道 88 號

電話號碼：27089322

③ 時間：明天　中午十二點

住址：上海路 109 號

電話號碼：63001184

住址：address

例子：

A: 你哪天來我家？
nǐ nǎ tiān lái wǒ jiā

B: 我明天去你家，好嗎？
wǒ míng tiān qù nǐ jiā hǎo ma

A: 好。你幾點來我家？
hǎo nǐ jǐ diǎn lái wǒ jiā

B: 下午四點，好嗎？
xià wǔ sì diǎn hǎo ma

A: 好吧。
hǎo ba

B: 你家住在哪兒？
nǐ jiā zhù zài nǎr

A: 我家住在北京道 216 號 103 室。
wǒ jiā zhù zài běi jīng dào hào shì

B: 你家的電話號碼是多少？
nǐ jiā de diàn huà hào mǎ shì duō shao

A: 25543001。

一起讀！

你家住在哪兒？住在哪兒？
nǐ jiā zhù zài nǎr zhù zài nǎr

我家住在大理路，大理路。
wǒ jiā zhù zài dà lǐ lù dà lǐ lù

電話號碼是多少？是多少？
diàn huà hào mǎ shì duō shao shì duō shao

二七八九五六四三。
èr qī bā jiǔ wǔ liù sì sān

❶ huí
回 return　　huí jiā
回家 go or come home　　nǐ wǎn shang zěn me huí jiā
你晚上怎麼回家？

❷ kě
可 can; may　　kě yǐ
可以 can; may　　liǎng diǎn kě yǐ ma
兩點，可以嗎？

❸ jiē
接 meet　　wǒ bà ba jiē wǒ huí jiā
我爸爸接我回家。

▲ Grammar: "我" is both the object of "接" and the subject of "回家".

❹ sòng
送 see someone off　　wǒ mā ma kāi chē sòng wǒ
我媽媽開車送我。

❺ shí
時 time　　**❻** hòu
候 time; season　　shí hou
時候 time

nǐ xià wǔ shén me shí hou lái wǒ jiā
你下午什麼時候來我家？

▲ Grammar: The answer to "什麼時候" can be a specific year, month, day, date or time.

❼ shǒu
手 hand　　shǒu jī
手機 mobile phone　　nǐ de shǒu jī hào mǎ shì duō shao
你的手機號碼是多少？

❽ huìr
會兒 moment　　yí huìr
一會兒 a little while　　wǒ men yí huìr jiàn
我們一會兒見！

我爸爸接我回家。

3 設計情景，編對話

例子：

^{nǐ shén me shí hou lái wǒ jiā}
A: 你什麼時候來我家？

^{jīn tiān xià wǔ　　kě yǐ ma}
B: 今天下午，可以嗎？

^{kě yǐ　　jǐ diǎn}
A: 可以。幾點？

^{yī diǎn bàn　　hǎo ma}
B: 一點半，好嗎？

^{hǎo ba}
A: 好吧！

^{nǐ jiā zhù zài　nǎr}
B: 你家住在哪兒？

^{shàng háng lù　　hào　　shì}
A: 上行路 250 號 104 室。

^{wǒ zěn me qù nǐ jiā}
B: 我怎麼去你家？

^{nǐ kě yǐ zuò gōng gòng qì chē lái　　wǎn shang wǒ bà}
A: 你可以坐公共汽車來。晚上我爸

^{ba sòng nǐ huí jiā}
爸送你回家。

^{xiè xie　　nǐ jiā de diàn huà hào mǎ shì duō shao}
B: 謝謝！你家的電話號碼是多少？

A: 25240938。

^{nǐ de shǒu jī hào mǎ shì duō shao}
B: 你的手機號碼是多少？

^{yí huìr jiàn}
A: 96108847。一會兒見！

^{yí huìr jiàn}
B: 一會兒見！

他的住址：上行路 250 號 104 室
他家的電話號碼：25240938
他的手機號碼：96108847
什麼時候去：今天下午一點半
怎麼去：坐公共汽車
怎麼回：坐他爸爸的車

一起讀！

^{nǐ zěn me lái wǒ jiā　　zěn me lái}
你怎麼來我家？怎麼來？

^{mā ma kāi chē sòng wǒ qù　　sòng wǒ qù}
媽媽開車送我去，送我去。

^{nǐ zěn me huí jiā　　zěn me huí}
你怎麼回家？怎麼回？

^{bà ba kāi chē qù jiē wǒ　　qù jiē wǒ}
爸爸開車去接我，去接我。

nǐ xià wǔ shén me shí hou lái wǒ jiā
你下午什麼時候來我家？

liǎng diǎn kě yǐ ma
兩點，可以嗎？

kě yǐ nǐ zěn me lái wǒ jiā
可以。你怎麼來我家？

wǒ mā ma kāi chē sòng wǒ
我媽媽開車送我。

nǐ wǎn shang zěn me huí jiā
你晚上怎麼回家？

wǒ bà ba jiē wǒ huí jiā nǐ jiā zhù
我爸爸接我回家。你家住
zài nǎr
在哪兒？

tián yuán dào hào shì
田園道 92 號 803 室。

nǐ de shǒu jī hào mǎ shì duō shao
你的手機號碼是多少？

96540831。

wǒ men yí huìr jiàn
我們一會兒見！

yí huìr jiàn
一會兒見！

4 学偏旁部首

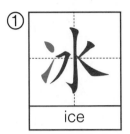
① ice

② claw

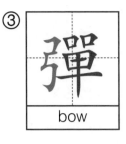
③ bow

④ strength

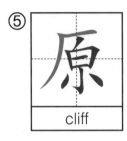
⑤ cliff

⑥ folding knife

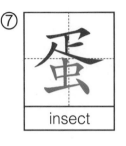
⑦ insect

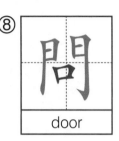
⑧ door

5 活動

你坐校車上學嗎？	你爸爸工作忙嗎？	你媽媽是家庭主婦嗎？	你爺爺是經理嗎？
你奶奶是老師嗎？	你是獨生子嗎？	你是獨生女嗎？	你會説英語嗎？
你有手機嗎？	你跟爸爸説英語嗎？	你爸爸是銀行家嗎？	你在中國出生嗎？
你外公、外婆住在美國嗎？	你是中學生嗎？	你長得高嗎？	你有弟弟嗎？

━━━ 這樣做 ━━━

• 問同學問題。每個同學只能被問一次。
• 給得到肯定答案的問題塗上顏色。
• 肯定答案先連成一條直線的學生勝出。

① 王月的朋友家住在大同路 ___。
　a) 439 號
　b) 934 號
　c) 349 號

② 王月可以坐 ___ 去朋友家。
　a) 地鐵
　b) 出租車
　c) 公共汽車

③ 王月 ___ 去朋友家。
　a) 下午兩點半
　b) 中午十二點半
　c) 上午九點半

④ 小明的朋友 ___ 去他家。
　a) 走路
　b) 星期六上午
　c) 星期六晚上

⑤ 小明的朋友住在 ___。
　a) 天月路
　b) 天星路
　c) 天星道

⑥ 小明朋友家的電話號碼是 ___。
　a) 27685439
　b) 50397254
　c) 28763459

7 用所給問題問十個同學，然後向全班匯報

你每天怎麼上學？

1) 爸爸開車送我上學。	下	6) 我坐電車上學。	
2) 媽媽開車送我上學。	丁	7) 我坐火車上學。	
3) 我坐校車上學。	下	8) 我坐地鐵上學。	
4) 我走路上學。	一	9) 我坐船上學。	
5) 我坐出租車上學。		10) 我坐公共汽車上學。	一

例子：

sān ge tóng xué zuò bà ba de chē shàng xué　　liǎng ge tóng xué zuò mā ma de chē shàng xué　　sān ge tóng xué
三個同學坐爸爸的車上學。兩個同學坐媽媽的車上學。三個同學

zuò xiào chē shàng xué　　yí ge tóng xué zǒu lù shàng xué　　yí ge tóng xué zuò gōng gòng qì chē shàng xué
坐校車上學。一個同學走路上學。一個同學坐公共汽車上學。

8 口頭報告

Collect information about your best friend and then introduce him/her.

例子：

zhè shì wǒ de hǎo péng you lǐ hàn míng
這是我的好朋友李漢明。

tā shì zhōng guó rén　　tā huì shuō yīng yǔ　　hàn
他是中國人。他會說英語、漢

yǔ hé yì diǎnr fǎ yǔ
語和一點兒法語。

tā jiā yǒu sì kǒu rén　　bà ba　　mā
他家有四口人：爸爸、媽

ma　　dì di hé tā　　tā bà ba shì lù
媽、弟弟和他。他爸爸是律

shī　　tā mā ma shì jiā tíng zhǔ fù
師。他媽媽是家庭主婦。

tā men yì jiā rén xiàn zài zhù zài shàng
他們一家人現在住在上

hǎi　　tā jiā zhù zài cháng lè lù　　hào
海。他家住在長樂路10號

shì　　tā jiā de diàn huà hào mǎ shì
405室。他家的電話號碼是

tā de shǒu jī hào mǎ shì
86357108。他的手機號碼是

13599685237。

lǐ hàn míng jīn nián shí yī suì　　shàng liù
李漢明今年十一歲，上六

nián jí　　tā bà ba zǎo shang qī diǎn kāi chē sòng
年級。他爸爸早上七點開車送

tā shàng xué　　tā mā ma xià wǔ sān diǎn bàn kāi
他上學。他媽媽下午三點半開

chē jiē tā huí jiā
車接他回家。

姓名：李漢明
國籍：中國
語言：英語、漢語、一點兒法語
家庭成員：爸爸、媽媽、弟弟、他 爸爸：律師 媽媽：家庭主婦
住址：上海長樂路 10 號 405 室
家裏的電話號碼：86357108 手機號碼：13599685237
上學：7:00 a.m.　爸爸開車送
回家：3:30 p.m.　媽媽開車接

國籍：nationality
成員：member

第十二課　請進

❶ qǐng
請（请）please

❷ jìn
進（进）enter　　qǐng jìn
請進！

▲ Grammar: The subject is not needed when asking someone to do something.

❸ zuò
坐 sit　　qǐng zuò
請坐！

❹ hē
喝 drink

❺ shuǐ
水 water　　qì shuǐ
汽水 fizzy drinks　　wǒ hē qì shuǐ
我喝汽水。

❻ chī
吃 eat

❼ guǒ
果 fruit　　shuǐ guǒ
水果 fruit

❽ ba
吧 a particle　　chī shuǐ guǒ ba
吃水果吧！

▲ Grammar: "吧" can be put at the end of a sentence when making a suggestion.

❾ xiǎng
想 want; would like　　wǒ xiǎng zǎo diǎnr huí jiā
我想早點兒回家。

▲ Grammar: "（一）點兒" can be put after an adjective.

❿ bú kè qi
不客氣（气）(a set phrase) you're welcome

⓫ duì bu qǐ
對不起 (a set phrase) I'm sorry; excuse me

⓬ méi guān xi
沒關（关）係（系）(a set phrase) it doesn't matter; never mind

⓭ huì
會 will　　wǒ mā ma huì kāi chē lái jiē wǒ
我媽媽會開車來接我。

我想早點兒回家。

1 完成對話

例子：

你可以用

a) 對不起！ duì bu qǐ
b) 謝謝！ xiè xie
c) 再見！ zài jiàn
d) 不客氣。 bú kè qi
e) 沒關係。 méi guān xi
f) 請進！ qǐng jìn
g) 請坐！ qǐng zuò
h) 請喝水。 qǐng hē shuǐ
i) 請吃水果。 qǐng chī shuǐ guǒ

一起讀！

請進，請坐，快請坐！
請喝汽水，吃水果。
謝謝你，謝謝你！
不客氣，不客氣。
對不起，對不起。
不喝汽水，想喝水。
沒關係，沒關係。
請你喝水，請喝水。

111

1

wáng jīng　　qǐng jìn　　qǐng zuò　　nǐ xiǎng
王京，請進！請坐！你想
hē diǎnr shén me
喝點兒什麼？

wǒ xiǎng hē qì shuǐ　　xiè xie
我想喝汽水。謝謝！

bú kè qi　　chī shuǐ guǒ ba
不客氣。吃水果吧！

hǎo　　xiè xie
好。謝謝！

2

duì bu qǐ　　wǒ xiǎng zǎo diǎnr huí jiā
對不起，我想早點兒回家。

méi guān xi　　nǐ xiǎng jǐ diǎn huí jiā
沒關係。你想幾點回家？

wǒ xiǎng sì diǎn huí jiā
我想四點回家。

nǐ zěn me huí jiā
你怎麼回家？

wǒ mā ma huì kāi chē
我媽媽會開車
lái jiē wǒ
來接我。

2 設計情景，編對話

例子：

zài xué xiào
（在學校）

yǒu hé　　　　nǐ shén me shí hou lái wǒ jiā
友和：你什麼時候來我家？

wáng fēi　　xià wǔ sì diǎn　　hǎo ma
王飛：下午四點，好嗎？

yǒu hé　　hǎo
友和：好。

wáng fēi　　nǐ jiā zhù zài　　nǎr
王飛：你家住在哪兒？

yǒu hé　　shàng hǎo lù　　hào　　　shì
友和：上好路 92 號 204 室。

wáng fēi　　wǒ zěn me qù nǐ jiā
王飛：我怎麼去你家？

……

zài yǒu hé jiā li
（在友和家裏）

yǒu hé　　qǐng jìn　　chī shuǐ guǒ ba
友和：請進！吃水果吧！

wáng fēi　　xiè xie
王飛：謝謝！

……

wáng fēi　　wǒ xiǎng huí jiā le
王飛：我想回家了。

yǒu hé　　hǎo　　nǐ zěn me huí jiā
友和：好。你怎麼回家？

……

你可以用

qǐng jìn　　　　　　　qǐng zuò
a) 請進！　　　　b) 請坐！

qǐng hē qì shuǐ　　　　qǐng chī shuǐ guǒ
c) 請喝汽水。　　d) 請吃水果。

xiè xie　　　　　　　bú kè qi
e) 謝謝！　　　　f) 不客氣。

duì bu qǐ　　　　　　méi guān xi
g) 對不起。　　　h) 沒關係。

nǐ shén me shí hou lái wǒ jiā
i) 你什麼時候來我家？

wǒ xià wǔ liǎng diǎn qù nǐ jiā　　hǎo ma
j) 我下午兩點去你家，好嗎？

nǐ kě yǐ zuò gōng gòng qì chē lái wǒ jiā
k) 你可以坐公共汽車來我家。

wǒ mā ma huì kāi chē lái jiē wǒ
l) 我媽媽會開車來接我。

nǐ kě yǐ xiān zuò chuán　　rán hòu zuò diàn chē lái wǒ jiā
m) 你可以先坐船，然後坐電車來我家。

wǒ men yí huìr jiàn
n) 我們一會兒見！

míng tiān jiàn
o) 明天見！

shū **shu**
❶ 叔（叔） uncle; a form of address for any man of father's generation

wèn
❷ 問（问） ask

qǐng wèn
請問 excuse me; may I ask

jiào
❸ 叫 call

děng
❹ 等 wait

děng yi děng
等（一）等 wait a minute

qǐng děng yi děng，wǒ qù jiào tā
請等一等，我去叫他。

▲

> Grammar: a) Certain verbs may be repeated to show a short and quick action.
> b) If the verb is only one word, "一" can be put in between.

kāi
❺ 開 hold

huì
❻ 會 meeting; party

shēng rì huì
生日會 birthday party

wǒ míng tiān zài jiā kāi shēng rì huì
我明天在家開生日會。

▲

> Grammar: A time word is always put before a place word.

qǐng
❼ 請 invite

cān
❽ 參（参） join

jiā
❾ 加 add

cān jiā
參加 take part in; join in

wǒ qǐng nǐ cān jiā wǒ de shēng rì huì
我請你參加我的生日會。

néng
❿ 能 can; may

nǐ néng lái ma
你能來嗎？

▲

> Grammar: a) "會" and "能" both indicate possibility.
> b) "能" indicates there is a condition to make something possible.

xíng
⓫ 行 be alright

wǒ qù xiǎo yuè jiā，xíng ma？xíng
我去小月家，行嗎？行。

▲

> Grammar: "行"，"好"，"可以" are similar.

dào
⓬ 到 arrive; to

qián
⓭ 前 before

yǐ qián
以前 before

nǐ xià wǔ sān diǎn yǐ qián dào wǒ jiā，xíng ma
你下午三點以前到我家，行嗎？

▲

> Grammar: Pattern: Time Word + 以前, ...

3 用所給問題編對話

1) nǐ jiào shén me míng zi　nǐ jīn nián shàng jǐ nián jí
你叫什麼名字？你今年上幾年級？

2) nǐ shì nǎ guó rén　nǐ zài nǎr chū shēng
你是哪國人？你在哪兒出生？

3) nǐ bà ba shì nǎ guó rén　nǐ mā ma shì nǎ guó rén
你爸爸是哪國人？你媽媽是哪國人？

4) nǐ zài jiā gēn bà ba　mā ma shuō shén me yǔ yán
你在家跟爸爸、媽媽說什麼語言？

5) nǐ yǒu xiōng dì jiě mèi ma　yǒu jǐ ge　nǐ gē ge jīn nián shàng jǐ nián jí
你有兄弟姐妹嗎？有幾個？你哥哥今年上幾年級？

6) nǐ bà ba gōng zuò ma　tā zuò shén me gōng zuò　tā měi tiān zěn me shàng bān　tā jǐ diǎn shàng bān
你爸爸工作嗎？他做什麼工作？他每天怎麼上班？他幾點上班？
jǐ diǎn xià bān　tā gōng zuò máng ma　tā jīng cháng chū chāi ma　tā yì bān qù nǎr chū chāi　nǐ
幾點下班？他工作忙嗎？他經常出差嗎？他一般去哪兒出差？你
mā ma gōng zuò ma
媽媽工作嗎？

7) nǐ de shēng rì shì jǐ yuè jǐ hào　nǐ měi nián dōu zài jiā kāi shēng rì huì ma　nǐ jīng cháng cān jiā
你的生日是幾月幾號？你每年都在家開生日會嗎？你經常參加
péng you de shēng rì huì ma
朋友的生日會嗎？

一起讀！🎧78

xiè cháng zài ma　xiè cháng zài ma
謝常在嗎？謝常在嗎？
xiè cháng zài jiā　xiè cháng zài jiā
謝常在家，謝常在家。
shēng rì huì　nǐ néng lái ma
生日會，你能來嗎？
wǒ néng cān jiā　wǒ néng cān jiā
我能參加，我能參加。

1

shū shu nín hǎo wǒ shì wáng jiā shēng
叔叔，您好！我是王加生。

qǐng wèn xiè cháng zài jiā ma
請問，謝常在家嗎？

zài qǐng děng yi děng wǒ qù jiào tā
在。請等一等，我去叫他。

2

jiā shēng nǐ hǎo
加生，你好！

xiè cháng wǒ míng tiān zài jiā kāi shēng rì huì wǒ
謝常，我明天在家開生日會。我

qǐng nǐ cān jiā nǐ néng lái ma
請你參加。你能來嗎？

wǒ néng qù wǒ shén me shí hou qù nǐ jiā
我能去。我什麼時候去你家？

nǐ xià wǔ sān diǎn yǐ qián dào wǒ jiā xíng ma
你下午三點以前到我家，行嗎？

xíng wǒ zěn me qù nǐ jiā
行。我怎麼去你家？

nǐ kě yǐ zǒu lù lái wǒ jiā
你可以走路來我家。

hǎo wǒ men míng tiān jiàn
好。我們明天見！

míng tiān jiàn
明天見！

4 學偏旁部首

①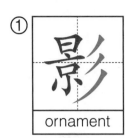
ornament

②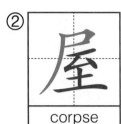
corpse

③
household

④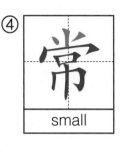
small

⑤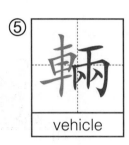
vehicle

⑥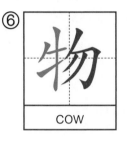
cow

⑦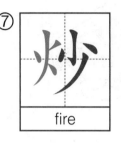
fire

⑧
horse

5 聽錄音，選擇正確答案 🎧 80

① 大年 ＿＿＿ 去田阿姨家。
a) 坐地鐵
b) 坐爸爸的車
c) 走路

② 大年的媽媽 ＿＿＿。
a) 去中國了
b) 在家
c) 不工作

③ 田阿姨 ＿＿＿ 送大年回家。
a) 走路
b) 開車
c) 不

④ 小明 ＿＿＿ 開生日會。
a) 星期五上午
b) 上午十點到十二點
c) 下午四點到六點

⑤ 他在 ＿＿＿ 開生日會。
a) 酒店
b) 家
c) 飯店

⑥ 他的朋友 ＿＿＿ 去參加生日會。
a) 不能
b) 坐小明媽媽的車
c) 坐公共汽車

①

bà ba　nǐ zài nǎr
爸爸，你在哪兒？

wǒ zài gōng sī
我在公司。

nǐ shén me shí hou huí jiā
你什麼時候回家？

wǎn shang qī diǎn
晚上七點。

wǒ jīn tiān xià wǔ wǔ diǎn
我今天下午五點
zài jiā kāi shēng rì huì
在家開生日會。

hǎo　wǒ jīn tiān zǎo diǎnr huí jiā
好。我今天早點兒回家。

②

mā ma　nǐ jīn tiān néng zǎo diǎnr huí jiā ma
媽媽，你今天能早點兒回家嗎？

bù néng　wǒ liù diǎn kāi huì
不能，我六點開會。

nǐ shén me shí hou huí jiā
你什麼時候回家？

wǎn shang bā diǎn
晚上八點。

wǒ qù xiǎo yuè jiā　xíng ma
我去小月家，行嗎？

xíng　dàn shì nǐ bā diǎn yǐ qián
行，但是你八點以前
huí jiā　kě yǐ ma
回家，可以嗎？

xíng　wǎn shang jiàn
行。晚上見！

zài jiàn
再見！

7 設計情景，編對話

例子：

A: <ruby>明<rt>míng</rt></ruby><ruby>天<rt>tiān</rt></ruby><ruby>是<rt>shì</rt></ruby><ruby>你<rt>nǐ</rt></ruby><ruby>的<rt>de</rt></ruby><ruby>生<rt>shēng</rt></ruby><ruby>日<rt>rì</rt></ruby>。<ruby>你<rt>nǐ</rt></ruby><ruby>明<rt>míng</rt></ruby><ruby>天<rt>tiān</rt></ruby><ruby>開<rt>kāi</rt></ruby><ruby>生<rt>shēng</rt></ruby><ruby>日<rt>rì</rt></ruby><ruby>會<rt>huì</rt></ruby><ruby>嗎<rt>ma</rt></ruby>？

B: <ruby>開<rt>kāi</rt></ruby>。<ruby>我<rt>wǒ</rt></ruby><ruby>在<rt>zài</rt></ruby><ruby>家<rt>jiā</rt></ruby><ruby>開<rt>kāi</rt></ruby><ruby>生<rt>shēng</rt></ruby><ruby>日<rt>rì</rt></ruby><ruby>會<rt>huì</rt></ruby>。<ruby>你<rt>nǐ</rt></ruby><ruby>能<rt>néng</rt></ruby><ruby>來<rt>lái</rt></ruby><ruby>嗎<rt>ma</rt></ruby>？

A: <ruby>你<rt>nǐ</rt></ruby><ruby>幾<rt>jǐ</rt></ruby><ruby>點<rt>diǎn</rt></ruby><ruby>開<rt>kāi</rt></ruby><ruby>生<rt>shēng</rt></ruby><ruby>日<rt>rì</rt></ruby><ruby>會<rt>huì</rt></ruby>？

B: <ruby>下<rt>xià</rt></ruby><ruby>午<rt>wǔ</rt></ruby><ruby>兩<rt>liǎng</rt></ruby><ruby>點<rt>diǎn</rt></ruby><ruby>半<rt>bàn</rt></ruby>。

A: <ruby>對<rt>duì</rt></ruby><ruby>不<rt>bu</rt></ruby><ruby>起<rt>qǐ</rt></ruby>，<ruby>我<rt>wǒ</rt></ruby><ruby>不<rt>bù</rt></ruby><ruby>能<rt>néng</rt></ruby><ruby>去<rt>qù</rt></ruby>。

B: <ruby>沒<rt>méi</rt></ruby><ruby>關<rt>guān</rt></ruby><ruby>係<rt>xi</rt></ruby>。<ruby>你<rt>nǐ</rt></ruby><ruby>四<rt>sì</rt></ruby><ruby>點<rt>diǎn</rt></ruby><ruby>以<rt>yǐ</rt></ruby><ruby>前<rt>qián</rt></ruby><ruby>來<rt>lái</rt></ruby>，<ruby>行<rt>xíng</rt></ruby><ruby>嗎<rt>ma</rt></ruby>？

A: ······

B: <ruby>你<rt>nǐ</rt></ruby><ruby>怎<rt>zěn</rt></ruby><ruby>麼<rt>me</rt></ruby><ruby>來<rt>lái</rt></ruby><ruby>我<rt>wǒ</rt></ruby><ruby>家<rt>jiā</rt></ruby>？

······

你可以用

a) <ruby>我<rt>wǒ</rt></ruby><ruby>下<rt>xià</rt></ruby><ruby>午<rt>wǔ</rt></ruby><ruby>五<rt>wǔ</rt></ruby><ruby>點<rt>diǎn</rt></ruby><ruby>去<rt>qù</rt></ruby><ruby>你<rt>nǐ</rt></ruby><ruby>家<rt>jiā</rt></ruby>，<ruby>行<rt>xíng</rt></ruby><ruby>嗎<rt>ma</rt></ruby>？

b) <ruby>我<rt>wǒ</rt></ruby><ruby>想<rt>xiǎng</rt></ruby><ruby>早<rt>zǎo</rt></ruby><ruby>點<rt>diǎn</rt></ruby><ruby>兒<rt>r</rt></ruby><ruby>回<rt>huí</rt></ruby><ruby>家<rt>jiā</rt></ruby>，<ruby>可<rt>kě</rt></ruby><ruby>以<rt>yǐ</rt></ruby><ruby>嗎<rt>ma</rt></ruby>？

c) <ruby>你<rt>nǐ</rt></ruby><ruby>什<rt>shén</rt></ruby><ruby>麼<rt>me</rt></ruby><ruby>時<rt>shí</rt></ruby><ruby>候<rt>hou</rt></ruby><ruby>來<rt>lái</rt></ruby>？

d) <ruby>我<rt>wǒ</rt></ruby><ruby>爸<rt>bà</rt></ruby><ruby>爸<rt>ba</rt></ruby><ruby>會<rt>huì</rt></ruby><ruby>開<rt>kāi</rt></ruby><ruby>車<rt>chē</rt></ruby><ruby>去<rt>qù</rt></ruby><ruby>接<rt>jiē</rt></ruby><ruby>我<rt>wǒ</rt></ruby>。

e) <ruby>我<rt>wǒ</rt></ruby><ruby>可<rt>kě</rt></ruby><ruby>以<rt>yǐ</rt></ruby><ruby>坐<rt>zuò</rt></ruby><ruby>四<rt>sì</rt></ruby><ruby>點<rt>diǎn</rt></ruby><ruby>的<rt>de</rt></ruby><ruby>船<rt>chuán</rt></ruby><ruby>去<rt>qù</rt></ruby><ruby>你<rt>nǐ</rt></ruby><ruby>家<rt>jiā</rt></ruby>。

f) <ruby>我<rt>wǒ</rt></ruby><ruby>們<rt>men</rt></ruby><ruby>明<rt>míng</rt></ruby><ruby>天<rt>tiān</rt></ruby><ruby>見<rt>jiàn</rt></ruby>！

生詞 1 81

① qǐ 起 get up　② chuáng 牀（床）bed　qǐ chuáng 起牀 get out of bed　nǐ yì bān zǎo shang jǐ diǎn qǐ chuáng 你一般早上幾點起牀？

③ zǎo fàn 早飯 breakfast　nǐ měi tiān dōu chī zǎo fàn ma 你每天都吃早飯嗎？

④ wǔ fàn 午飯 lunch　nǐ yì bān jǐ diǎn chī wǔ fàn 你一般幾點吃午飯？

⑤ wǎn fàn 晚飯 dinner　nǐ men jiā yì bān jǐ diǎn chī wǎn fàn 你們家一般幾點吃晚飯？

⑥ kāi 開 start　⑦ shǐ 始 start　kāi shǐ 開始 start

⑧ kè 課 lesson; class　shàng kè 上課 attend a class　nǐ men zǎo shang jǐ diǎn kāi shǐ shàng kè 你們早上幾點開始上課？

⑨ fàng 放 let out　fàng xué 放學 school is over　nǐ men xià wǔ jǐ diǎn fàng xué 你們下午幾點放學？

⑩ yè 業 school work　zuò yè 作業 homework　zuò zuò yè 做作業 do homework

nǐ wǎn shang jǐ diǎn kāi shǐ zuò zuò yè 你晚上幾點開始做作業？

⑪ shuì 睡 sleep　⑫ jiào 覺 sleep　shuì jiào 睡覺 sleep　nǐ jǐ diǎn shuì jiào 你幾點睡覺？

1 模仿例子，看圖說話

起牀
7:00

例子：

_{tā yì bān zǎo shang qī}
他一般早上七
_{diǎn qǐ chuáng}
點起牀。

一起讀！

 82

_{wǒ liù diǎn qǐ chuáng   chī zǎo fàn}
我六點起牀，吃早飯，
_{wǒ qī diǎn qù shàng xué}
我七點去上學。
_{wǒ shí èr diǎn xià kè   chī wǔ fàn}
我十二點下課，吃午飯，
_{wǒ sān diǎn bàn fàng xué}
我三點半放學。
_{wǒ liù diǎn yí kè chī wǎn fàn}
我六點一刻吃晚飯，
_{wǒ jiǔ diǎn bàn shuì jiào}
我九點半睡覺。
_{wǒ jiǔ diǎn bàn shuì jiào}
我九點半睡覺。

下課：class is over

①

吃早飯
7:15

上學
8:00

②

上課
8:20

吃午飯
13:30

③

放學
15:30

吃晚飯
19:00

④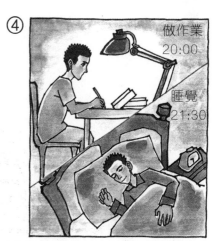

做作業
20:00

睡覺
21:30

nǐ yì bān zǎo shang jǐ diǎn qǐ chuáng
你一般早上幾點起牀？

liù diǎn bàn
六點半。

nǐ měi tiān dōu chī zǎo fàn ma
你每天都吃早飯嗎？

wǒ měi tiān dōu chī
我每天都吃。

nǐ měi tiān zěn me shàng xué
你每天怎麼上學？

wǒ bà ba kāi chē sòng wǒ shàng xué
我爸爸開車送我上學。

nǐ men zǎo shang jǐ diǎn kāi shǐ shàng kè
你們早上幾點開始上課？

bā diǎn yí kè
八點一刻。

nǐ yì bān jǐ diǎn chī wǔ fàn
你一般幾點吃午飯？

shí èr diǎn bàn
十二點半。

nǐ men xià wǔ jǐ diǎn fàng xué
你們下午幾點放學？

sān diǎn èr shí
三點二十。

nǐ men jiā yì bān jǐ diǎn chī wǎn fàn
你們家一般幾點吃晚飯？

qī diǎn
七點。

nǐ wǎn shang jǐ diǎn kāi shǐ zuò zuò yè
你晚上幾點開始做作業？

bā diǎn
八點。

nǐ jǐ diǎn shuì jiào
你幾點睡覺？

jiǔ diǎn bàn
九點半。

2 採訪同桌，然後向全班介紹他／她

<table>
<tr><td colspan="2" align="center">問 題</td></tr>
<tr><td>1) 你一般早上幾點起牀？</td><td>6) 你一般幾點吃午飯？</td></tr>
<tr><td>2) 你每天都吃早飯嗎？</td><td>7) 你們下午幾點放學？</td></tr>
<tr><td>3) 你早上怎麼上學？</td><td>8) 你們家一般幾點吃晚飯？</td></tr>
<tr><td>4) 你下午怎麼回家？</td><td>9) 你晚上幾點開始做作業？</td></tr>
<tr><td>5) 你們早上幾點開始上課？</td><td>10) 你一般幾點睡覺？</td></tr>
</table>

例子：

tā yì bān zǎo shang liù diǎn bàn qǐ chuáng tā měi
他一般早上六點半起牀。他每

tiān dōu chī zǎo fàn　měi tiān zǎo shang tā bà ba dōu kāi
天都吃早飯。每天早上他爸爸都開

chē sòng tā shàng xué　xià wǔ tā mā ma kāi chē jiē tā
車送他上學，下午他媽媽開車接他

huí jiā　　tā men xué xiào zǎo shang bā diǎn yí kè kāi shǐ
回家。他們學校早上八點一刻開始

shàng kè　　tā zhōng wǔ yī diǎn zài xué xiào chī wǔ fàn
上課。他中午一點在學校吃午飯。

tā men xià wǔ sān diǎn èr shí fàng xué　　tā men jiā yì
他們下午三點二十放學。他們家一

bān qī diǎn bàn chī wǎn fàn　　tā bā diǎn bàn kāi shǐ zuò
般七點半吃晚飯。他八點半開始做

zuò yè　　tā yì bān shí diǎn shuì jiào
作業。他一般十點睡覺。

1 從（从）from 　　從……到…… from... to...

從星期一到星期五，我早上七點起牀。
(cóng xīng qī yī dào xīng qī wǔ　wǒ zǎo shang qī diǎn qǐ chuáng)

2 零 bits and pieces 　　**3** 食 food 　　零食 snacks

4 看 read; watch 　　**5** 書（书）book 　　看書 read a book

6 視（视）look; view 　　電視 television 　　看電視 watch TV

我先看一會兒電視，然後看書。
(wǒ xiān kàn yí huìr diàn shì　rán hòu kàn shū)

▲ Grammar: "一會兒" can be put between the verb and its object.

7 上 go 　　**8** 網（网）Internet 　　上網 go on the Internet

9 以後 after

晚飯以後，我先看一會兒電視，然後看書。
(wǎn fàn yǐ hòu　wǒ xiān kàn yí huìr diàn shì　rán hòu kàn shū)

▲ Grammar: Pattern: Noun Phrase + 以後 / 以前, ...

到家以後，我先吃點兒零食，然後做作業。
(dào jiā yǐ hòu　wǒ xiān chī diǎnr líng shí　rán hòu zuò zuò yè)

▲ Grammar: Pattern: Verb Phrase + 以後 / 以前, ...

10 刷 brush 　　**11** 牙 tooth 　　刷牙 brush teeth

3 模仿例子，看圖說話並寫下來

tā xiān kàn
他先看……

例子：

tā xiān kàn yí huìr diàn shì　rán hòu zuò zuò yè
他先看一會兒電視，然後做作業。

tā xiān shàng
她先上……

tā xiān zuò
他先做……

tā xiān kàn
她先看……

tā xiān kàn
他先看……

4 學偏旁部首

①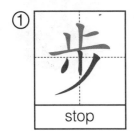
stop

②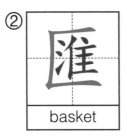
basket

③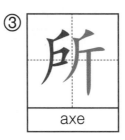
axe

④
private

⑤
eight

⑥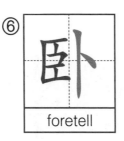
foretell

⑦
tongue

⑧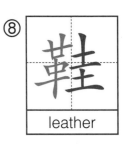
leather

wǒ jiào gāo fàng　　wǒ jīn nián shí èr suì　　shàng
我叫高放。我今年十二歲，上

qī nián jí　　wǒ zài yì suǒ yīng guó xué xiào shàng xué
七年級。我在一所英國學校上學。

cóng xīng qī yī dào xīng qī wǔ　　wǒ zǎo shang
從星期一到星期五，我早上

qī diǎn qǐ chuáng　　qī diǎn bàn chī zǎo fàn　　wǒ bā diǎn
七點起牀，七點半吃早飯。我八點

zǒu lù qù shàng xué　　bā diǎn yí kè dào xué xiào
走路去上學，八點一刻到學校。

wǒ men bā diǎn bàn kāi shǐ shàng kè　　xià wǔ sān diǎn
我們八點半開始上課，下午三點

bàn fàng xué　　wǒ mā ma kāi chē jiē wǒ huí jiā　　dào
半放學。我媽媽開車接我回家。到

jiā yǐ hòu　　wǒ xiān chī diǎnr líng shí　　rán hòu zuò
家以後，我先吃點兒零食，然後做

zuò yè　　wǒ men jiā yì bān qī diǎn chī wǎn fàn　　wǎn
作業。我們家一般七點吃晚飯。晚

fàn yǐ hòu　　wǒ xiān kàn yí huìr diàn shì　　shàng yí
飯以後，我先看一會兒電視，上一

huìr wǎng　　rán hòu kàn shū　　wǒ yì bān jiǔ diǎn bàn
會兒網，然後看書。我一般九點半

shuā yá　　shuì jiào
刷牙、睡覺。

5 聽錄音，選擇正確答案 🎧 86

① 她早上 ___ 起牀。
a) 六點三刻
b) 七點一刻
c) 六點

② 她每天都 ___ 。
a) 坐校車上學
b) 走路上學
c) 吃早飯

③ 她 ___ 回家。
a) 三點放學
b) 坐同學媽媽
   的車
c) 坐地鐵

④ 他一般 ___ 。
a) 四點放學
b) 四點到家
c) 走路回家

⑤ 到家以後，他先
___ 。
a) 吃午飯
b) 吃零食
c) 做作業

⑥ 他晚飯以後 ___ 。
a) 做作業
b) 不看電視
c) 不看書

6 活動

=這樣做=

• 兩人一組。
• 在規定的時間裏記住
  下面的偏旁部首。
• 老師給學生聽寫。
• 寫對最多的組勝出。

偏旁部首：

口	亻	人	日	月	白	言	礻	忄	灬	雨	刂
羊	王	夕	宀	屮	糸	阝	女	心	父	氵	辶

例子：

wǎn fàn yǐ hòu　　tā　yì　bān xiān shàng wǎng
晚飯以後，他一般先上網，

rán hòu kàn shū
然後看書。

wǎn fàn yǐ hòu　　tā
晚飯以後，他……

①

qǐ chuáng yǐ hòu　　tā
起牀以後，她……

②

fàng xué yǐ hòu　　tā
放學以後，他……

③

qǐ chuáng yǐ hòu　　tā
起牀以後，她……

④

bā diǎn yǐ hòu　　tā
八點以後，他……

8 口頭報告

Introduce yourself. You should include:

- your name, age, grade and nationality
- language(s) you speak
- daily routine
- things you like to do

例子：

wǒ jiào wáng tiān xǐ　　wǒ jīn nián shí suì　shàng
我叫王天喜。我今年十歲，上

liù nián jí　　wǒ bà ba shì zhōng guó rén　　mā ma shì
六年級。我爸爸是中國人，媽媽是

měi guó rén　　wǒ huì shuō hàn yǔ　yīng yǔ hé yì diǎnr rì yǔ
美國人。我會說漢語、英語和一點兒日語。

cóng xīng qī yī dào xīng qī wǔ　　wǒ zǎo shang qī diǎn qǐ chuáng　wǒ měi tiān dōu chī zǎo fàn　zǎo
從星期一到星期五，我早上七點起牀。我每天都吃早飯。早

fàn yǐ hòu　　wǒ bà ba kāi chē sòng wǒ shàng xué　wǒ men bā diǎn kāi shǐ shàng kè　zhōng wǔ shí èr diǎn
飯以後，我爸爸開車送我上學。我們八點開始上課，中午十二點

bàn chī wǔ fàn　xià wǔ sān diǎn yí kè fàng xué　wǒ mā ma kāi chē jiē wǒ huí jiā　dào jiā yǐ hòu
半吃午飯，下午三點一刻放學。我媽媽開車接我回家。到家以後，

wǒ xiān chī diǎnr líng shí　rán hòu zuò zuò yè　wǒ men jiā yì bān qī diǎn chī wǎn fàn　wǎn fàn yǐ
我先吃點兒零食，然後做作業。我們家一般七點吃晚飯。晚飯以

hòu　wǒ xiān kàn yí huìr diàn shì　rán hòu shàng wǎng　wǒ yì bān jiǔ diǎn shuā yá　shuì jiào
後，我先看一會兒電視，然後上網。我一般九點刷牙、睡覺。

wǒ xǐ huan kàn shū
我喜歡看書、

kàn diàn shì hé shàng wǎng
看電視和上網。

一起讀！　🎧 87

qǐ chuáng　shàng xué　shàng　xià kè
起牀、上學、上、下課，

chī fàn　hē shuǐ　chī líng shí
吃飯、喝水、吃零食。

fàng xué　huí jiā　zuò zuò yè
放學、回家、做作業，

kàn shū　shàng wǎng　kàn diàn shì
看書、上網、看電視。

生詞 1 88

① <ruby>男<rt>nán</rt></ruby> male　<ruby>男生<rt>nán shēng</rt></ruby> boy student

② <ruby>女<rt>nǔ</rt></ruby> female　<ruby>女生<rt>nǔ shēng</rt></ruby> girl student

③ <ruby>顏（颜）<rt>yán</rt></ruby> colour

④ <ruby>色<rt>sè</rt></ruby> colour　<ruby>顏色<rt>yán sè</rt></ruby> colour

⑤ <ruby>白<rt>bái</rt></ruby> white　<ruby>白色<rt>bái sè</rt></ruby> white

⑥ <ruby>紅（红）<rt>hóng</rt></ruby> red　<ruby>紅色<rt>hóng sè</rt></ruby> red

⑦ <ruby>藍（蓝）<rt>lán</rt></ruby> blue　<ruby>藍色<rt>lán sè</rt></ruby> blue

⑧ <ruby>黃<rt>huáng</rt></ruby> yellow　<ruby>黃色<rt>huáng sè</rt></ruby> yellow

⑨ <ruby>喜<rt>xǐ</rt></ruby> be fond of

⑩ <ruby>歡（欢）<rt>huān</rt></ruby> happy　<ruby>喜歡<rt>xǐ huan</rt></ruby> like

⑪ <ruby>服<rt>fú</rt></ruby> clothes　<ruby>校服<rt>xiào fú</rt></ruby> school uniform　<ruby>我不喜歡校服的顏色。<rt>wǒ bù xǐ huan xiào fú de yán sè</rt></ruby>

⑫ <ruby>穿<rt>chuān</rt></ruby> wear　<ruby>你們學校的學生穿校服嗎？<rt>nǐ men xué xiào de xué shēng chuān xiào fú ma</rt></ruby>

⑬ <ruby>襯（衬）<rt>chèn</rt></ruby> liner

⑭ <ruby>衫<rt>shān</rt></ruby> top (clothes)　<ruby>襯衫<rt>chèn shān</rt></ruby> shirt

⑮ <ruby>褲（裤）<rt>kù</rt></ruby> trousers　<ruby>褲子<rt>kù zi</rt></ruby> trousers　<ruby>他們穿白襯衫和藍褲子。<rt>tā men chuān bái chèn shān hé lán kù zi</rt></ruby>

⑯ <ruby>裙<rt>qún</rt></ruby> skirt　<ruby>裙子<rt>qún zi</rt></ruby> skirt

⑰ <ruby>她們<rt>tā men</rt></ruby> they; them　<ruby>她們穿黃色的襯衫和紅色的裙子。<rt>tā men chuān huáng sè de chèn shān hé hóng sè de qún zi</rt></ruby>

1 模仿例子，看圖説話並寫下來

例子：

lán sè de gōng gòng qì chē
藍色的公共汽車

①

②

③

④

⑤

⑥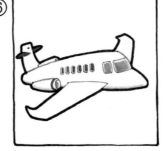

⑦

⑧

⑨

⑩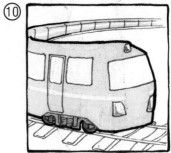

nǐ men xué xiào de xué shēng chuān
你們學校的學生穿
xiào fú ma
校服嗎？

chuān wǒ měi tiān dōu chuān xiào fú
穿。我每天都穿校服
shàng xué nǐ ne
上學。你呢？

wǒ yě chuān xiào fú shàng xué nǐ men xué
我也穿校服上學。你們學
xiào de nán shēng chuān shén me xiào fú
校的男生穿什麼校服？

tā men chuān bái chèn shān hé lán kù zi
他們穿白襯衫和藍褲子。

nǚ shēng ne
女生呢？

tā men chuān huáng sè de chèn shān hé
她們穿黃色的襯衫和
hóng sè de qún zi
紅色的裙子。

nǐ xǐ huan nǐ men de
你喜歡你們的
xiào fú ma
校服嗎？

bù xǐ huan wǒ bù xǐ huan
不喜歡。我不喜歡
xiào fú de yán sè
校服的顏色。

132

2 模仿例子，編對話

例子：

niú niu zhǎng shén me yàng
A: 牛牛長什麼樣？

tā zhǎng de gāo gāo de　　shòu shòu de　　tā de liǎn
B: 他長得高高的、瘦瘦的。他的臉

yuán yuán de　　　　tā yǒu duǎn duǎn de tóu fa
圓圓的。他有短短的頭髮。

niú niu chuān shén me yī fu
A: 牛牛穿什麼衣服？

tā chuān bái sè de chèn shān hé zōng sè de kù zi
B: 他穿白色的襯衫和棕色的褲子。

nǐ xǐ huan tā de yī fu ma
A: 你喜歡他的衣服嗎？

bù xǐ huan　　wǒ bù xǐ huan tā kù zi de yán sè
B: 不喜歡。我不喜歡他褲子的顏色。

┌─ 你可以用 ─

tā zhǎng de bù gāo yě bù ǎi
a) 他長得不高也不矮。

tā yǒu dà dà de yǎn jing　　gāo gāo de bí
b) 他有大大的眼睛、高高的鼻

zi hé xiǎo xiǎo de zuǐ ba
子和小小的嘴巴。

tā yǒu duǎn duǎn de tóu fa
c) 他有短短的頭髮。

tā yǒu cháng cháng de tóu fa
d) 她有長長的頭髮。

tā de liǎn yuán yuán de
e) 她的臉圓圓的。

tā chuān bái sè de chèn shān hé huáng sè de
f) 她穿白色的襯衫和黃色的

qún zi
裙子。

wǒ bù xǐ huan tā chèn shān de yán sè
g) 我不喜歡他襯衫的顏色。

牛牛　　藍藍　　英英

┌─ 一起讀！

nán shēng　　nán shēng chuān xiào fú　　chuān xiào fú
男生，男生穿校服，穿校服，

nán shēng chuān bái chèn shān hé lán kù zi
男生穿白襯衫和藍褲子。

nǚ shēng　　nǚ shēng chuān xiào fú　　chuān xiào fú
女生，女生穿校服，穿校服，

nǚ shēng chuān huáng chèn shān hé hóng qún zi
女生穿黃襯衫和紅裙子。

❶ 黑 *hēi* black　黑色 *hēi sè* black

❷ 綠（绿）*lǜ* green　綠色 *lǜ sè* green

❸ 橙 *chéng* orange　橙色 *chéng sè* orange

❹ 棕 *zōng* brown　棕色 *zōng sè* brown

❺ 粉 *fěn* pink　粉色 *fěn sè* pink

❻ 紫 *zǐ* purple　紫色 *zǐ sè* purple

❼ 衣 *yī* clothes　衣服 *yī fu* clothes

❽ 毛 *máo* wool　毛衣 *máo yī* sweater

❾ 長褲 *cháng kù* trousers　**❿** 短褲 *duǎn kù* shorts　**⓫** T恤衫 *xù shān* T-shirt

⓬ 牛 *niú* cow　**⓭** 仔 *zǎi* a young man　牛仔 *niú zǎi* cowboy　牛仔褲 *niú zǎi kù* jeans

我喜歡穿牛仔褲和T恤衫。
wǒ xǐ huan chuān niú zǎi kù hé xù shān

⓮ 連 *lián* link　連衣裙 *lián yī qún* dress

她的連衣裙有長的，也有短的。
tā de lián yī qún yǒu cháng de yě yǒu duǎn de

▲ **Grammar:** "長的" means "長的連衣裙". In this case, "的" must be used.

⓯ 等 *děng* etc.　等等 *děng děng* etc.

我爸爸有很多襯衫，有黑色的、綠色的、橙色的等等。
wǒ bà ba yǒu hěn duō chèn shān yǒu hēi sè de lǜ sè de chéng sè de děng děng

▲ **Grammar: a) Pattern:** 有 + Object₁ + Object₂ + Object₃ + ...
b) This pattern is used to list examples.

3 模仿例子，看圖説話

馬醫生
家庭醫生

例子：

mǎ yī shēng shì jiā tíng yī shēng　tā zhǎng de
馬醫生是家庭醫生。他長得

gāo gāo de　shòu shòu de　tā jīn tiān chuān bái sè
高高的、瘦瘦的。他今天穿白色

de chèn shān hé hēi sè de cháng kù　tā měi tiān dōu
的襯衫和黑色的長褲。他每天都

kāi chē shàng bān　tā kāi hóng sè de qì chē
開車上班。他開紅色的汽車。

①

李阿姨
經理

②

田老師
漢語老師

③

王叔叔
商人

④

常漢生
小學生

wǒ men jiā měi ge rén dōu yǒu hěn duō
我們家每個人都有很多

yī fu
衣服。

wǒ bà ba yǒu hěn duō chèn shān yǒu
我爸爸有很多襯衫，有

hēi sè de lǜ sè de chéng sè de děng
黑色的、綠色的、橙色的等

děng tā měi tiān dōu chuān chèn shān hé cháng
等。他每天都穿襯衫和長

kù shàng bān
褲上班。

wǒ mā ma yǒu hěn duō máo yī yǒu
我媽媽有很多毛衣，有

zōng sè de fěn sè de zǐ sè de děng
棕色的、粉色的、紫色的等

děng tā hái yǒu hěn duō lián yī qún tā
等。她還有很多連衣裙。她

de lián yī qún yǒu cháng de yě yǒu duǎn
的連衣裙有長的，也有短

de tā xǐ huan chuān lián yī qún shàng bān
的。她喜歡穿連衣裙上班。

wǒ yǒu hěn duō kù zi yǒu cháng
我有很多褲子，有長

kù duǎn kù hé niú zǎi kù wǒ hái yǒu
褲、短褲和牛仔褲。我還有

hěn duō xù shān wǒ xǐ huan chuān niú zǎi
很多 T 恤衫。我喜歡穿牛仔

kù hé xù shān
褲和 T 恤衫。

4 模仿例子，看圖說話

例子：

tā yǒu hěn duō qún zi　　yǒu zǐ sè de　　fěn sè de　　chéng sè de děng děng
她有很多裙子，有紫色的、粉色的、橙色的等等。

tā yǒu hěn duō qún zi　　yǒu
她有很多裙子，有……

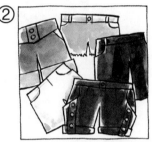

tā yǒu hěn duō chènshān　　yǒu
他有很多襯衫，有……

lù shang yǒu hěn duō chē　　yǒu
路上有很多車，有……

tā yǒu hěn duō duǎn kù　　yǒu
她有很多短褲，有……

5 聽錄音，選擇正確答案 🎧 93

① 她們學校的女生穿 ___ 。
a) 白襯衫和棕色的短褲
b) 白襯衫和棕色的裙子
c) 黃襯衫和棕色的裙子

② 她不喜歡 ___ 的顏色。
a) 襯衫
b) 裙子
c) 短褲

③ 她週末穿 ___ 。
a) T恤衫和短裙
b) 襯衫和牛仔褲
c) T恤衫和短褲

④ 星期天是 ___ 的生日。
a) 小紅
b) 小天
c) 王月

⑤ 小英會穿 ___ 去生日會。
a) 紫色的連衣裙
b) 黃色的襯衫
c) 粉色的T恤衫

⑥ 她們 ___ 。
a) 三點五十去
b) 四點到
c) 三點五十到

這樣做

- 兩人一組。
- 在規定的時間裏記住下面的偏旁部首。
- 老師給學生聽寫。
- 寫對最多的組勝出。

偏旁部首：

禾	目	矢	口	彳	疒
⺍	冂	巾	足	𠂉	广
扌	竹	走	方	欠	士

一起讀！ 94

nǐ xǐ huan shén me yán sè　　shén me yán sè
你喜歡什麼顏色？什麼顏色？

hóng sè　huáng sè　lán sè　bái sè
紅色、黃色、藍色、白色。

nǐ xǐ huan shén me yán sè　　shén me yán sè
你喜歡什麼顏色？什麼顏色？

lǜ sè　zǐ sè　chéng sè　hēi sè
綠色、紫色、橙色、黑色。

7 學偏旁部首

① 或
weapon

② 盒
utensil

③ 酸
fermentation

④ 包
bag

⑤ 貨
shell

⑥ 寫
roof without chimney

⑦ 售
short-tailed bird

⑧ 瓶
tile

8 口頭報告

Introduce yourself. You should describe the clothes:

• you wear to school
• you wear on weekends
• you like to wear

例子：

從星期一到星期五，
我穿校服上學。我們學校
的男生穿白色的襯衫和藍
色的長褲。女生穿白色的
襯衫和藍色的短裙。我喜
歡我們學校的校服。

星期六、星期天我
一般穿 T 恤衫和牛仔褲。
我有很多 T 恤衫，有白色
的、藍色的、粉色的、紫
色的等等。

我還喜歡穿裙子。我
有很多裙子，有長裙、短
裙和連衣裙。

你可以用

a) 我們學校的學生不穿校服。

b) 我不喜歡我們學校的校服。

c) 我不喜歡校服的顏色。

d) 我穿 T 恤衫和牛仔褲上學。

e) 我喜歡穿褲子，不喜歡穿裙子。

f) 我有很多褲子，有長褲、短褲和牛
仔褲。

g) 我有很多襯衫，有橙色的、白色的、
藍色的、黑色的等等。

第十五課　我的課外活動

生詞 1 95

① 外 wài outside　課外 kè wài outside class

② 活 huó active; lively　③ 動（动）dòng move　活動 huó dòng activity

課外活動 kè wài huó dòng extra-curricular activity　你今年做什麼課外活動？nǐ jīn nián zuò shén me kè wài huó dòng

④ 畫（画）huà draw; paint　畫（兒）huàr drawing; painting

畫畫兒 huà huàr draw a picture; paint a painting

⑤ 跳 tiào jump　⑥ 舞 wǔ dance　跳舞 tiào wǔ dance

⑦ 游 yóu swim　⑧ 泳 yǒng swim　游泳 yóu yǒng swim　我畫畫兒、跳舞，還游泳。wǒ huà huàr tiào wǔ hái yóu yǒng

⑨ 打 dǎ play　⑩ 球 qiú ball　⑪ 網 wǎng net　網球 wǎng qiú tennis　打網球 dǎ wǎng qiú play tennis

⑫ 冰 bīng ice　冰球 bīng qiú ice hockey　打冰球 dǎ bīng qiú play ice hockey

⑬ 滑 huá slide　滑冰 huá bīng ice-skating　我打網球、打冰球，還滑冰。wǒ dǎ wǎng qiú dǎ bīng qiú hái huá bīng

⑭ 太 tài quite; too　我不太喜歡滑冰。wǒ bú tài xǐ huan huá bīng

⑮ 週（周）zhōu week　⑯ 末 mò end　週末 zhōu mò weekend　你週末有活動嗎？nǐ zhōu mò yǒu huó dòng ma

1 模仿例子，看圖說話

小冰

小冰的課外活動

星期二	星期四	星期六
畫畫兒	游泳	打冰球
4:00 - 5:00 p.m.	4:30 - 5:30 p.m.	10:00 - 11:00 a.m.

例子：

xiǎo bīng měi ge xīng qī zuò sān ge kè wài huó dòng　　xīng qī èr xià
小冰每個星期做三個課外活動。星期二下

wǔ sì diǎn dào wǔ diǎn　　tā huà huàr　　xīng qī sì xià wǔ sì diǎn bàn
午四點到五點，她畫畫兒。星期四下午四點半

dào wǔ diǎn bàn　　tā yóu yǒng　　zhōu mò tā yě yǒu huó dòng　　xīng qī liù
到五點半，她游泳。週末她也有活動。星期六

shàng wǔ shí diǎn dào shí yī diǎn　　tā dǎ bīng qiú
上午十點到十一點，她打冰球。

① 開開的課外活動

開開

星期一	星期三	星期日
滑冰	打網球	畫畫兒
3:30 - 4:00 p.m.	5:00 - 6:00 p.m.	10:30 - 11:30 a.m.

王星

② 王星的課外活動

星期二	星期六	星期日
跳舞	游泳	打網球
4:00 - 5:00 p.m.	9:00 - 10:00 a.m.	3:30 - 4:30 p.m.

nǐ jīn nián zuò shén me kè wài huó dòng
你今年做什麼課外活動？

wǒ huà huàr tiào wǔ hái yóu yǒng
我畫畫兒、跳舞，還游泳。

nǐ zhōu mò yǒu huó dòng ma
你週末有活動嗎？

méi yǒu huó dòng nǐ jīn nián
沒有活動。你今年
zuò shén me kè wài huó dòng
做什麼課外活動？

wǒ dǎ wǎng qiú dǎ bīng qiú hái huá bīng
我打網球、打冰球，還滑冰。

nǐ qù nǎr dǎ wǎng qiú
你去哪兒打網球？

wǒ qù xué xiào dǎ wǎng qiú
我去學校打網球。

nǐ xǐ huan huá bīng ma
你喜歡滑冰嗎？

wǒ hěn xǐ huan huá bīng
我很喜歡滑冰。
nǐ ne
你呢？

wǒ bú tài xǐ huan huá bīng
我不太喜歡滑冰。

2 模仿例子，編對話

例子：

A: nǐ jīn nián zuò shén me kè wài huó dòng
你今年做什麼課外活動？

B: wǒ jīn nián zuò hěn duō kè wài huó dòng　yǒu yóu
我今年做很多課外活動，有游

yǒng　huá bīng　tiào wǔ　dǎ wǎng qiú　huà
泳、滑冰、跳舞、打網球、畫

huàr　hé dǎ bīng qiú
畫兒和打冰球。

A: nǐ nǎ tiān yóu yǒng
你哪天游泳？

B: xīng qī yī hé xīng qī sì
星期一和星期四。

A: nǐ shén me shí hou yóu yǒng
你什麼時候游泳？

B: cóng zǎo shang qī diǎn dào qī diǎn sān kè
從早上七點到七點三刻。

A: nǐ xīng qī èr yǒu shén me huó dòng
你星期二有什麼活動？

B: wǒ xīng qī èr xià wǔ huá bīng
我星期二下午滑冰。

A: nǐ xǐ huan huá bīng ma
你喜歡滑冰嗎？

B: wǒ hěn xǐ huan huá bīng
我很喜歡滑冰。

……

A: nǐ zhōu mò yě yǒu huó dòng ma
你週末也有活動嗎？

B: duì　wǒ zhōu mò yě yǒu huó dòng　wǒ xīng qī liù cóng
對，我週末也有活動。我星期六從

shàng wǔ shí diǎn dào shí yī diǎn huà　huàr
上午十點到十一點畫畫兒。……

課外活動	
星期一	7:00 - 7:45 a.m. 游泳
星期二	4:00 - 5:00 p.m. 滑冰
星期三	4:30 - 5:30 p.m. 跳舞
星期四	7:00 - 7:45 a.m. 游泳
星期五	3:30 - 4:30 p.m. 打網球
星期六	10:00 - 11:00 a.m. 畫畫兒
星期日	3:00 - 4:00 p.m. 打冰球

一起讀！

kè wài huó dòng　　kè wài huó dòng
課外活動，課外活動，
yóu yǒng　　huá bīng　　dǎ bīng qiú
游泳、滑冰、打冰球。
kè wài huó dòng　　kè wài huó dòng
課外活動，課外活動，
tiào wǔ　　huà huàr　　dǎ wǎng qiú
跳舞、畫畫兒、打網球。

① wén
文 (written) language　　zhōng wén 中文 Chinese (written) language　　yīng wén 英文 English (written) language

② hǎo
好 used before an adjective or a numeral indicator to suggest a large number or a long time

zài xué xiào　　wǒ yǒu hǎo duō péng you
在學校，我有好多朋友。

③ ài
愛（爱）like; love　　**④** hào 好 be fond of　　ài hào 愛好 hobby　　wǒ yǒu hěn duō ài hào 我有很多愛好。

⑤ tán
彈 play (certain musical instruments)

⑥ gāng
鋼（钢）steel　　**⑦** qín 琴 a general name for certain musical instruments　　gāng qín 鋼琴 piano

tán gāng qín
彈鋼琴 play the piano　　gāng qín kè 鋼琴課 piano lesson　　wǒ xīng qī liù shàng wǔ yǒu gāng qín kè 我星期六上午有鋼琴課。

⑧ tīng
聽（听）listen　　**⑨** yīn 音 sound　　**⑩** yuè 樂 music　　yīn yuè 音樂 music

⑪ yùn
運（运）movement　　yùn dòng 運動 sports　　wǒ hái xǐ huan yùn dòng 我還喜歡運動。

⑫ pǎo
跑 run　　**⑬** bù 步 step　　pǎo bù 跑步 run; jog

⑭ tī
踢 kick　　**⑮** zú 足 foot　　zú qiú 足球 football　　tī zú qiú 踢足球 play football

⑯ yì biān yì biān
一邊（边）……一邊…… showing two actions taking place at the same time

wǒ xǐ huan yì biān pǎo bù yì biān tīng yīn yuè
我喜歡一邊跑步一邊聽音樂。

⑰ yǒu shí hou
有時候 sometimes　　xīng qī tiān wǒ men yì jiā rén yǒu shí hou qù fàn diàn chī fàn 星期天我們一家人有時候去飯店吃飯。

3 選句型，模仿例子，看圖說話

例子：

他喜歡一邊 tā xǐ huan yì biān
跑步一邊聽 pǎo bù yì biān tīng
音樂。 yīn yuè

①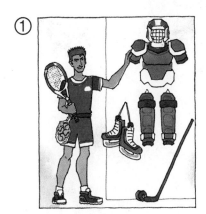

②

③

④

⑤

wǒ jiào zhōu yī bīng　wǒ jīn nián shí yī suì　zài yì suǒ měi guó xué
我叫周一冰。我今年十一歲，在一所美國學

xiào shàng xué　wǒ zài xué xiào xué zhōng wén hé yīng wén　wǒ hěn xǐ huan wǒ de
校上學。我在學校學中文和英文。我很喜歡我的

xué xiào　zài xué xiào　wǒ yǒu hǎo duō péng you
學校。在學校，我有好多朋友。

wǒ yǒu hěn duō ài hào　wǒ xǐ huan tán gāng qín hé tīng yīn yuè　wǒ
我有很多愛好。我喜歡彈鋼琴和聽音樂。我

hái xǐ huan yùn dòng　wǒ cóng wǔ suì kāi shǐ tī zú qiú　wǒ hái xǐ huan pǎo
還喜歡運動。我從五歲開始踢足球。我還喜歡跑

bù　wǒ jīng cháng yì biān pǎo bù yì biān tīng yīn yuè
步。我經常一邊跑步一邊聽音樂。

wǒ zhōu mò hěn máng　wǒ xīng qī liù shàng wǔ yǒu gāng qín kè　xià wǔ
我週末很忙。我星期六上午有鋼琴課，下午

zài jiā zuò zuò yè　xīng qī tiān wǒ men yì jiā rén yǒu shí hou qù fàn diàn chī
在家做作業。星期天我們一家人有時候去飯店吃

fàn　yǒu shí hou zài jiā kàn diàn shì
飯，有時候在家看電視。

4 聽錄音，選擇正確答案 🎧 101

① 大年 ＿＿＿。
a) 八歲開始打網球
b) 六歲開始游泳
c) 七歲開始打網球

② 大年每星期都 ＿＿＿。
a) 有小提琴課
b) 上滑冰課
c) 上冰球課

③ 大年 ＿＿＿。
a) 星期三上網球課
b) 星期六打網球
c) 星期六游泳

④ 家英 ＿＿＿。
a) 有一個網球老師
b) 喜歡畫畫兒
c) 喜歡打冰球

⑤ 家英 ＿＿＿。
a) 不太喜歡彈鋼琴
b) 現在還彈鋼琴
c) 不喜歡運動

⑥ 家英 ＿＿＿。
a) 星期三沒有活動
b) 星期四不做作業
c) 星期五沒有活動

5 活動

這樣做
• 兩人一組。
• 在規定的時間裏記住下面的偏旁部首。
• 老師給學生聽寫。
• 寫對最多的組勝出。

偏旁部首：

又	攵	立	頁	宀	衤	米	石	冫	灬	弓	力
厂	夂	虫	門	彡	尸	户	犭	車	牛	火	馬

6 用所給問題編對話

1) <ruby>你<rt>nǐ</rt></ruby><ruby>叫<rt>jiào</rt></ruby><ruby>什<rt>shén</rt></ruby><ruby>麼<rt>me</rt></ruby><ruby>名<rt>míng</rt></ruby><ruby>字<rt>zi</rt></ruby>？你今年多大了？上幾年級？

你叫什麼名字？<ruby>你今年多大了<rt>nǐ jīn nián duō dà le</rt></ruby>？<ruby>上幾年級<rt>shàng jǐ nián jí</rt></ruby>？

2) <ruby>從星期一到星期五<rt>cóng xīng qī yī dào xīng qī wǔ</rt></ruby>，<ruby>你早上幾點起牀<rt>nǐ zǎo shang jǐ diǎn qǐ chuáng</rt></ruby>？<ruby>幾<rt>jǐ</rt></ruby>

<ruby>點去上學<rt>diǎn qù shàng xué</rt></ruby>？<ruby>你怎麼上學<rt>nǐ zěn me shàng xué</rt></ruby>？

3) <ruby>你們下午幾點放學<rt>nǐ men xià wǔ jǐ diǎn fàng xué</rt></ruby>？<ruby>你怎麼回家<rt>nǐ zěn me huí jiā</rt></ruby>？

4) <ruby>你下午一般幾點到家<rt>nǐ xià wǔ yì bān jǐ diǎn dào jiā</rt></ruby>？<ruby>到家以後<rt>dào jiā yǐ hòu</rt></ruby>，<ruby>你一般<rt>nǐ yì bān</rt></ruby>

<ruby>做什麼<rt>zuò shén me</rt></ruby>？

5) <ruby>你們家一般幾點吃晚飯<rt>nǐ men jiā yì bān jǐ diǎn chī wǎn fàn</rt></ruby>？<ruby>晚飯以後<rt>wǎn fàn yǐ hòu</rt></ruby>，<ruby>你一般做什麼<rt>nǐ yì bān zuò shén me</rt></ruby>？

6) <ruby>你們學校的學生穿校服嗎<rt>nǐ men xué xiào de xué shēng chuān xiào fú ma</rt></ruby>？<ruby>男生穿什麼校服<rt>nán shēng chuān shén me xiào fú</rt></ruby>，<ruby>女生穿什麼校服<rt>nǚ shēng chuān shén me xiào fú</rt></ruby>？

7) <ruby>你在學校有幾個好朋友<rt>nǐ zài xué xiào yǒu jǐ ge hǎo péng you</rt></ruby>？<ruby>他們是哪國人<rt>tā men shì nǎ guó rén</rt></ruby>？<ruby>你跟他們說什麼語言<rt>nǐ gēn tā men shuō shén me yǔ yán</rt></ruby>？

8) <ruby>你有什麼愛好<rt>nǐ yǒu shén me ài hào</rt></ruby>？

9) <ruby>你今年做什麼課外活動<rt>nǐ jīn nián zuò shén me kè wài huó dòng</rt></ruby>？<ruby>你星期一有什麼課外活動<rt>nǐ xīng qī yī yǒu shén me kè wài huó dòng</rt></ruby>？

10) <ruby>你週末忙嗎<rt>nǐ zhōu mò máng ma</rt></ruby>？<ruby>你週末一般做什麼<rt>nǐ zhōu mò yì bān zuò shén me</rt></ruby>？

7 學偏旁部首

①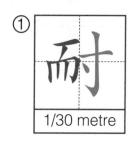
耐
1/30 metre

②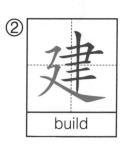
建
build

③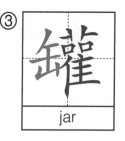
罐
jar

④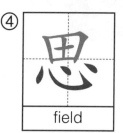
思
field

⑤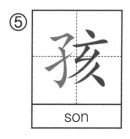
孩
son

⑥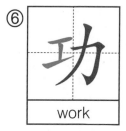
功
work

⑦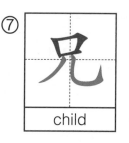
兄
child

⑧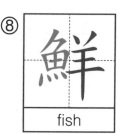
鮮
fish

8 口頭報告

Introduce one of your friends/classmates. You should include:

- his/her name, age, grade and nationality
- his/her appearance
- his/her hobbies
- his/her extra-curricular activities

例子：

我在學校有好多朋友。我今天介紹（introduce）小琴。她是我的同學，也是我的好朋友。

小琴今年十歲，上六年級。她是中國人。她長得矮矮的、胖胖的。她有小眼睛、高鼻子和小嘴巴。

小琴有三個愛好：彈鋼琴、游泳和聽音樂。她從六歲開始彈鋼琴。她喜歡一邊走路一邊聽音樂。

小琴今年做很多課外活動。星期二和星期四下午從四點到五點，她游泳。星期三放學以後，她打網球。星期五下午三點半到四點半，她打冰球。她週末也很忙。她星期六上午畫畫兒，星期天下午跳舞。

第一課（錄音 7）

1. 十二
2. 四十
3. 八十九
4. 一百一十五
5. 六百三十九
6. 五千一百三十

第二課（錄音 14）

1. A：今天幾月幾號？
   B：今天九月二十八號。
2. A：今天星期幾？
   B：星期三。
3. A：明天星期幾？
   B：星期五。
4. A：你的生日是幾月幾號？
   B：五月七號。
5. A：你的生日是幾月幾號？
   B：十一月二十九號。
6. A：今天是我的生日。
   B：祝你生日快樂！
   A：謝謝！你的生日是幾月幾號？
   B：十二月十九號。我一九九五年出生。

第三課（錄音 20）

1. A：幾點了？
   B：現在八點一刻。
2. A：現在幾點？
   B：中午十二點半。
3. A：我們今天下午幾點見？
   B：下午兩點二十。
4. A：我們明天幾點見？
   B：明天下午四點三刻。
5. A：北京現在幾點？
   B：早上七點四十。
6. A：上海現在幾點？
   B：現在晚上十一點五十。

第四課（錄音 27）

1. A：你叫什麼名字？
   B：我叫李月。
   A：你多大了？
   B：我十二歲。
   A：你的生日是幾月幾號？
   B：九月二十一號。
   A：你上幾年級？
   B：我上八年級。

2. 我叫王大年。
   我今年八歲半。
   我的生日是七月三十號。
   我上四年級。

第五課（錄音 33）

1. A：你家有幾口人？
   B：我家有四口人。
   A：你有兄弟姐妹嗎？
   B：我有一個哥哥。
   A：他今年多大了？
   B：他今年十九歲。
   A：他是大學生嗎？
   B：是。他上大學二年級。

2. A：你家有誰？
   B：我家有爸爸、媽媽、一個姐姐，還有一個弟弟。
   A：你姐姐多大了？
   B：她今年十六歲。
   A：她上幾年級？
   B：她上十一年級。
   A：你弟弟今年幾歲了？
   B：他今年八歲了。
   A：他上幾年級？
   B：他上小學四年級。

第六課（錄音 39）

1. 他有小眼睛、小鼻子和大嘴巴。他的頭髮短短的。
2. 她長得瘦瘦的。她有大大的眼睛、小小的鼻子和小小的嘴巴。
3. 他長得不胖不瘦。他高高的。他有大眼睛、小鼻子和小嘴巴。
4. 哥哥長得矮矮的。他有大眼睛、大嘴巴和大鼻子。他的頭髮不長也不短。
5. 妹妹是小學生。她長得胖胖的。她有大眼睛、大嘴巴和高鼻子。
6. 姐姐是大學生。她長得高高的、瘦瘦的。她有長長的頭髮。

第七課（錄音 46）

1. A：他們是誰？
   B：是我外公、外婆。
   A：他們是哪國人？
   B：我外公是法國人，外婆是美國人。
   A：他們現在住在哪兒？
   B：他們都住在法國。

2. A：他們是誰？

B：他們是我爺爺、奶奶。

A：他們是哪國人？

B：我爺爺是德國人，奶奶是西班牙人。

A：他們都工作嗎？

B：我爺爺工作，奶奶不工作。

A：他們現在住在哪兒？

B：他們都住在西班牙。

3. A：她是誰？

B：她是我的好朋友王小美。

A：她多大了？在哪兒上學？

B：她今年十二歲，在北京上學。她爸爸、媽媽都在北京工作。

A：她是哪國人？

B：她一半是俄羅斯人，一半是中國人。

第八課（錄音 53）

1. A：你的漢語老師是誰？

B：王老師。

A：她是哪國人？

B：她是中國人。她是北京人。

A：她長什麼樣？

B：她不高不矮，瘦瘦的，頭髮長長的。

A：你常常跟她說漢語嗎？

B：不常說。我常常跟她說英語。

2. A：你爸爸、媽媽都工作嗎？

B：我爸爸工作，是英語老師。我媽媽不工作。

A：你爸爸工作忙嗎？

B：他每天都很忙。

A：他經常出差嗎？

B：他不常出差。

A：你跟爸爸、媽媽說什麼語言？

B：我們經常說英語，但是爸爸跟媽媽說漢語。

A：你有兄弟姐妹嗎？

B：我有一個弟弟和一個妹妹。我跟弟弟、妹妹也說英語。

第九課（錄音 59）

1. A：你爸爸做什麼工作？

B：他是律師。

A：他在哪兒工作？

B：他在一家英國律師行工作。

A：他工作忙嗎？

B：他工作很忙，還經常出差。

A：他去哪兒出差？

B：他經常去北京、上海、香港。

2. A：你今年多大了？

B：我十三歲。

A：你在哪兒上學？

B：我在香港的一所德國學校上學。

A：你上幾年級？

B：我上九年級。

A：你在學校學什麼語言？

B：我學德語、英語，還學漢語。

A：你還會說什麼語言？

B：我還會說一點兒西班牙語，因為我們一家人每年都去西班牙。

第十課（錄音 66）

1. A：你爸爸、媽媽都工作嗎？

B：都工作。我爸爸是商人，媽媽是小學法語老師。

A：你爸爸在哪兒工作？

B：他在一家日本公司工作。

A：他每天怎麼上班？

B：他開車上班。

A：你媽媽每天怎麼上班？

B：她先坐船，然後走路上班。

2. A：你爸爸經常出差嗎？

B：他常出差。他常去日本出差。

A：你媽媽做什麼工作？

B：她是酒店經理。

A：她工作忙嗎？

B：她工作很忙，還經常出差。她明天去中國出差。

第十一課（錄音 73）

1. A：王月，你明天來我家玩，好嗎？

B：好。你家住在哪兒？

A：我家住在大同路 349 號 907 室。

B：我怎麼去你家？

A：你可以坐 76 路公共汽車。你幾點來我家？

B：我下午兩點半來，可以嗎？

A：可以。再見！

B：再見！

2. A：小明，我什麼時候去你家？

B：星期六上午十點，可以嗎？

A：可以。我怎麼去你家？

B：我媽媽可以開車去接你。你家住在哪兒？

A：我家住在天星道 42 號 1605 室。

B：你家的電話號碼是多少？

A：27685439。

B：你的手機號碼是多少？

A：60397254。

第十二課（錄音80）

1. A：大年，快請進！
   B：謝謝田阿姨！
   A：來，喝點兒水，吃點兒水果。
   B：不用了。謝謝您！
   A：你怎麼來的？
   B：我爸爸開車送我來的。
   A：你媽媽好嗎？
   B：她很好，但是她很忙。她去中國出差了。
   A：一會兒我可以開車送你回家。
   B：太好了！謝謝田阿姨！

2. A：小明，你什麼時候開生日會？
   B：星期五下午吧！下午四點到六點。
   A：你想在哪兒開？
   B：在我家吧！
   A：那我幾點去你家？
   B：你早點兒來吧！
   A：我怎麼去？
   B：你媽媽可以送你嗎？
   A：她出差了，星期六回來。
   B：那我媽媽去你家接你吧！
   A：好。謝謝！

第十三課（錄音86）

1. A：你每天早上幾點起牀？
   B：我一般早上六點起牀。
   A：你每天都吃早飯嗎？
   B：我每天都吃。
   A：你幾點上學？怎麼上學？
   B：我六點三刻上學。我坐地鐵去學校。
   A：你們下午幾點放學？你怎麼回家？
   B：我們下午三點半放學。我坐同學媽媽的車回家。

2. A：你每天放學以後幾點到家？
   B：我一般四點到家。
   A：你到家以後做什麼？
   B：我一般先吃點兒零食、水果，然後做作業。
   A：你晚飯以後做什麼？
   B：我先做作業、看書，然後看一會兒電視。
   A：你幾點睡覺？
   B：我一般九點半睡覺。

第十四課（錄音93）

1. A：你們學校的學生穿校服嗎？
   B：穿，每天都穿。
   A：你們的男生穿什麼校服？
   B：他們穿白襯衫，棕色的長褲。
   A：那女生呢？
   B：女生穿黃色的襯衫和棕色的裙子。
   A：你喜歡你們的校服嗎？
   B：不太喜歡，因為我不喜歡襯衫的顏色。
   A：你週末一般穿什麼？
   B：我喜歡穿T恤衫和短褲。

2. A：小英，你星期天要去小紅的生日會嗎？
   B：我會去。你想穿什麼衣服？
   A：我會穿紫色的連衣裙。你呢？
   B：我穿粉色的T恤衫和白色的短褲。
   A：我們幾點到她家？
   B：她的生日會四點開始。我們三點五十到吧！
   A：好吧！你怎麼去？
   B：我媽媽開車送我去。你呢？
   A：我也是。再見！
   B：再見！

第十五課（錄音101）

1. A：大年，你今年做什麼課外活動？
   B：我拉小提琴、游泳還打網球。
   A：你從幾歲開始學拉小提琴？
   B：五歲。我現在五級了。
   A：你從什麼時候開始游泳？
   B：我從四歲開始游泳。
   A：打網球呢？
   B：八歲開始打網球。
   A：你每個星期都有小提琴課嗎？
   B：對。每星期三下午四點到五點。
   A：你有游泳課和網球課嗎？
   B：有。我星期五下午五點到六點游泳，星期六下午三點到四點打網球。

2. A：家英，你有什麼愛好？
   B：我喜歡運動。打網球、游泳和滑冰，我都喜歡。
   A：有老師教你打網球、游泳和滑冰嗎？
   B：有。我星期一下午放學以後有網球課，星期三下午有游泳課，星期六上午有滑冰課。
   A：你會彈鋼琴嗎？
   B：會一點兒。我五歲開始學彈鋼琴，但是我不太喜歡彈，所以我現在不彈鋼琴了。
   A：你星期二、四、五放學以後做什麼？
   B：我做作業、看電視、聽音樂、看書。